Paul muss ausziehen

von

Tommi Horwath

Inhaltsverzeichnis

Zum Zahnarzt

Paul war am Weg zum Zahnarzt. Er war im Zug unterwegs nach Bruck an der Leitha. Seine Finger trommelten beruhigend auf das kleine Tischchen vor ihm. Regentropfen, die gegen die Fensterscheiben prallten, trübten Pauls Sichtfeld. Er ließ seinen Blick über die vorbeiziehende Landschaft schweifen. Selbst als er nach Wien gezogen war, hatte Paul den Zahnarzt beibehalten. Einerseits, weil Paul ohnehin kein Freund von Veränderungen war, und andererseits, weil man einen guten Zahnarzt nicht wechselt. Diese Ansicht hatte er von Mutter übernommen. Man wechselte eigentlich gar nichts, was Mutter gut fand. Nicht einmal die Frisur. Niemals!

Paul war tief in seine Gedanken versunken. Paul war meistens in seine Gedanken versunken, wenn er nicht gerade arbeiten war oder vor seinem Computer saß. Wenn – so wie jetzt – niemand etwas von ihm wollte, dann ließ er seine Gedanken frei durch Zeit und Raum galoppieren. Das Zugfahren bot eine gute Gelegenheit zu einem Ritt durch die weiten Ebenen der Gedankenpuszta. Es schien ihm überhaupt, als wäre Zugfahren etwas, das einen Freiraum für Gedanken schaffen würde. Ein Freiraum, dem es egal war, ob sich nun der Zug über die Schienen oder die Schienen sich unter dem Zug bewegten. Egal, ob sich die Eisenbahn bewegte oder die Welt, in jedem Fall würde sich etwas bewegen.

All die Häuser, die vorbeigezogen sind, dachte Paul, sehen so aus, als wären sie von einem Hausbaugott scheinbar zufällig genau an diesem Platz fallen gelassen worden. Gilt das auch für Kirchen? Gibt es einen eigenen Kirchenbaugott, der überall in der Welt Kirchen und Gebetsplätze fallen ließ? Und wenn ja, zu welcher Religion gehörte der? Oder die? Und gibt es so etwas wie Gottheiten, die Systeme erhalten, also Systemerhaltungsgottheiten, die man nicht anbeten musste, die aber dafür Sorge trugen, dass das „System Erde" nicht aus den Fugen geraten würde – und wenn doch? Na dann, gab es doch sicher einen anderen Gott beziehungsweise eine Göttin, die daran schuld war.

Und Mutter. Mann, Mutter. Man sollte doch ..., nein, man müsste doch ..., ach, ja, aber wie? Und aus welchem Grund? Würde Mutter vielleicht sogar zustimmen? War es möglicherweise nur eine Frage der richtigen Argumente? Sicher nicht! Ist sie überlistbar? Und wenn ja, wie? Im Grunde half das ganze „Braver-Bub-Spielen", „Zombie-Erschießen" und schließlich das „Sich-in-der-Arbeit-vor-dem-Leben-Verstecken" auch nicht. Würde der Hausbaugott – so es einen gibt – hier hilfreich sein können? Oder der Kirchenbaugott?" Paul wusste noch immer nicht, wie sich etwas ändern sollte oder könnte, als der Bordlautsprecher des Regionalzuges „Wir halten in Kürze in Bruck an der Leitha!" krächzte und ihn jäh aus seinen Gedanken riss. Der Zug wurde langsamer und blieb stehen. Paul kam es vor, als würde der stehende Zug zum ersten Mal einen Unterschied daraus machen, ob sich nun der Zug oder die Welt bewegen würde.

„Hilf mir!"

Paul drehte sich um. In der Waggontür stand ein kleines Mädchen, das einen pinken Regenumhang anhatte und pinke Gummistiefeln mit weißen Katzengesichtern trug. Paul lächelte das rosarote Mädchen an und hob es vom Waggon auf den Kies.

„Nicht mir, meiner Mama!", rief das kleine pinke Mädchen.

Paul sah erst jetzt die Frau in dem Rollstuhl, die noch im Waggon war. Paul rief den Schaffner und gemeinsam hoben sie die Frau aus dem Waggon. Der Schaffner gab das Signal zur Weiterfahrt.

„Danke sehr!", sagte die Frau. „Wenn Sie wollen, dann nehm ich Sie bei diesem grauslichen Wetter ein Stück mit, mein Auto steht gleich da vorne."

„Ja, äh … Nein, nein danke, ich komm schon zurecht."

„Das ist kein Problem, wirklich."

„Nein!", erwiderte Paul energisch.

Das Mädchen reichte Paul ihre Hand, um sich zu bedanken. Paul zog instinktiv seine Hand zurück. Kleine

Kinder haben doch nur Bakterien an den Händen, dachte er, hob seine Hand zum Gruß und ging schnell fort.

Im Vorbeigehen bekam Paul gerade noch mit, wie das kleine Mädchen ihre Hände betrachtete, dann wurde es von ihrer Mutter auf den Schoß genommen.

„Na, sind noch alle Finger dran?", fragte sie ihre Tochter und beide fuhren lachend zum Auto.

Es ist doch besser, nicht mehr als notwendig mit anderen Menschen zu tun zu haben, davon war Paul überzeugt.

Paul stellte den Kragen seiner Jacke hoch. Der Regen hatte sich in einen Nieselregen gewandelt. Nicht mehr richtig da und doch spürbar. Paul hatte es nicht eilig, er kannte der Weg. Er wollte nicht darüber nachdenken, wohin er gehen musste. Das war irgendwie verständlich, es war ja der Weg zum Zahnarzt. Hinunter an der Apotheke vorbei, über die Hauptstraße, weiter Richtung Kulturzentrum zum alten Schloss, dahinter war der große Neubau, in dem sich die Praxisgemeinschaft der Ärzte befand.

Paul kam zur Kreuzung mit der Hauptstraße. Er hatte aufgehört zu denken und war froh darüber. Paul wartete an der roten Ampel. Grün. Paul atmete tief durch. Er ging vorbei an dem kleinen Blumengeschäft, das aussah, als wäre es früher einmal eine Fleischerei gewesen.

„Hier drüben, Paul ... "

Paul hörte eine Stimme, konnte jedoch niemanden sehen. Ein eiskalter Schauer lief ihm über den Rücken hinunter. Paul sah sich um. Da! Auf den Stufen vor dem Blumengeschäft zwischen den Kränzen und den Blumen mit den roten sternförmigen Blüten, zwischen den unterschiedlichsten Töpfen, saß ein alter Mann. Er war nur irgendwie ... kleiner als normale Menschen. Paul kannte diesen Mann. Er war ihm immer sehr vertraut gewesen, auch wenn sie nie viel gesprochen hatten und die Geschichten, die er Paul erzählt hatte, immer ein Gefühl von Traurigkeit und Melancholie innehatten.

„Großvater?"

Paul wollte es nicht richtig glauben, was er da sah. Da saß sein Großvater in einer Orchideenblüte und sprach zu ihm. Mitten in all den anderen Blumen und Gestecken, da saß der einfach drinnen, sah ihn verschmitzt lächelnd an und rauchte eine Pfeife. Aus Großvaters Sicht musste er sich in einer Art Urwald befinden.

Paul konnte sich noch gut an das Begräbnis erinnern. Er war damals vierzehn Jahre alt gewesen, das war jetzt schon über zwanzig Jahre her. Er erinnerte sich auch daran, dass seine um drei Jahre ältere Schwester beim Begräbnis rückwärts in ein offenes Grab gefallen war. Sie war wohl zu müde gewesen, nach der langen Nacht, in der sie „getrauert" hatte. Sie hatte sich vor lauter Müdigkeit oder trauerndem Anlehnungs-bedürfnis an den Grabstein eines anderen Grabes gelehnt. Dieser brach daraufhin in der Mitte auseinander und sie purzelte rückwärts in ein offenes Grab. Alle versuchten nicht zu lachen, bis auf seine Schwester, die aus eigener Kraft nicht mehr aus dem Grab steigen konnte.

„Was machst du hier Großvater?"

„Hier geht's rein", sagte der Großvater.

„Ich bin auf dem Weg zum Zahnarzt", antwortete

Paul, der sich in der ganzen Situation noch nicht so ganz zurechtfand und nicht wusste, ob er es jetzt komisch finden sollte oder ob er Angst haben sollte. Die Tatsache, dass er sich mit der Miniaturausgabe seines vor zwanzig Jahren verstorbenen Großvaters unterhielt, verunsicherte ihn.

Der Großvater deutete Paul, ihm zu folgen und verschwand durch die Glastür im Inneren des Blumengeschäfts. Paul folgte ihm hypnotisiert und lief prompt in die Glasscheibe der Eingangstüre, denn Paul hatte im Gegensatz zu seinem Großvater einen Körper.

„Wenn Sie die Tür aufmachen, isses leichter", sagte die Blumenverkäuferin und öffnete die Türe.
„Kann ich etwas für Sie tun?"

„Danke", sagte Paul, „und nein, danke ... ich möchte mich nur umsehen."

„Wir haben gerade ganz frisch und wunderschön ..."

Paul unterbrach sie: „Danke, aber ich will mich wirklich nur umsehen."

„Ganz, wie Sie wollen", erwiderte die

Blumenverkäuferin und verschwand im hinteren Raum.

„Sieh dir die Orchideen an, Paul, Orchideen sind das reinste Abenteuer", sagte der Großvater. „Vor dem Krieg hab ich hier gearbeitet, als Hilfskraft, damals war das noch eine Fleischhauerei."

„Ja, Vater, hat einmal so etwas erzählt", murmelte Paul und ging zu den Orchideen. „Riech doch daran!"

Paul roch an der Orchidee. Er mochte den Geruch. Trotzdem wuchs seine Unsicherheit.

„Und jetzt?", fragte Paul seinen Großvater. Der lächelte nur und wackelte mit seinen etwas zu groß geratenen Ohren, gerade so, wie er es immer getan hatte, um Paul und seine Schwester, als sie noch Kinder waren, zum Lachen zu bringen. Paul versuchte, genauso wie er das als Kind immer versucht hatte, auch mit seinen Ohren zu wackeln.

„Wer anderen eine Blume sät, blüht selber auf", sagte der Großvater. „Riech nicht mit deiner Nase alleine, riech auch mit deinem Herzen!" Er verschwand in der Blüte.

„Ist das irgendeine Art von Orchideenvoodoo, das ich kennen sollte? Bei dem man mit den Ohren wackelt?", fragte die Blumenverkäuferin amüsiert.

„Nein, danke", sagte Paul, „ich meine, ja bitte, ich möchte bitte diese Orchidee kaufen!"

„Sehr schön ... ich soll s`Ihnen doch sicher als Geschenk einpacken?"

„Ja bitte ... als Geschenk", seufzte Paul.

„Für wen soll das denn ein Geschenk werden?", musste die Verkäuferin wissen.

„Wie bitte? ... ja, als Geschenk!", versuchte Paul auszuweichen.

„Hat die Auserwählte auch einen Namen? Nur wegen des Kärtchens ...", ließ die Blumenverkäuferin nicht locker. „Für wen?"
Paul resignierte. „Für m....m....m....meine Mutter." Etwas Besseres war ihm in der Kürze der Zeit nicht eingefallen.

„Sehr schön! Kinder sollten ihren Müttern öfters Blumen mitbringen, dann schreib ich ‚Für Mama' auf die Grußkarte?"

„Ja, bitte", seufzte Paul wieder. Er bezahlte,

nahm seine Orchidee und ging weiter Richtung Ärztezentrum.

Die Verkäuferin schaute Paul durch die Scheibe der geschlossenen Türe des Blumengeschäfts nach und freute sich darüber, dass es auch in diesem Alter noch dankbare Kinder gab, die ihren Müttern Blumen schenkten. Männer sollten Frauen Blumen schenken – basta. Egal in welchem Alter.

Am weiteren Weg zum Zahnarzt war Paul nicht mehr alleine. Er hielt die Orchidee in seinem linken Arm. Teilweise nahm er sie unter seine Jacke. Er fühlte sich verantwortlich für die Orchidee und er wollte sie nicht dem nasskalten Wetter aussetzen. Gut, er hätte auch etwas mehr auf sich selbst schauen können und statt der Turnschuhe besseres Schuhwerk anziehen können, aber soweit war er an diesem Morgen nicht gewesen. War doch am Morgen seine ganze Aufmerksamkeit darauf gerichtet gewesen, das Haus leise und unbemerkt zu verlassen, um Mutter, die sich zu dieser Zeit ein zweites Mal ins Bett gelegt hatte, nicht zu wecken. Im Moment dachte er nur an die kleine Blume in ihrem Topf und wie diese unbeschadet die Reise zum Zahnarzt und wieder nach Hause überstehen würde. Paul konnte eine Verbindung spüren zu der Orchidee, zur Orchidee selbst, nicht zu seinem Großvater, der darin verschwunden war. Paul spürte die Orchidee. Paul spürte überhaupt zum ersten Mal etwas in seinem Leben.

Er blieb vor dem Bedarfsgeschäft für Gartengeräte stehen, direkt vor der Auslage mit den Motorsägen, und versuchte immer wieder durch einen Spalt im Papier seinen Großvater aus der Blüte zu locken. Der kam aber nicht raus.

„Verzeihung, bitte?"

Vor dem Hintergrund von Sonderpreisaktionen für Kettensägen hatte Paul, der gerade in seine Jacke schaute, den Gehsteig versperrt. Vor ihm stand eine Frau, die ihre Haare zu einem Knoten hochgebunden hatte. Sie war offensichtlich in Eile und zog hinter sich einen Koffer her, der wie eine mutierte Riesengeige aussah. Verwirrt murmelte Paul so etwas Ähnliches wie „Entschuldigung" und ging einen Schritt zur Seite, damit sie mit dem riesigen Koffer an ihm vorbeigehen konnte.

Schließlich erreichte er die Zahnarztpraxis. Noch während die Zahnärztin Paul eine Spritze gab, schloss er die Augen und entspannte sich, so gut es ging.

Als Paul wieder im Zug Richtung Wien saß, nahm er vorsichtig das Papier ab, in dem die Orchidee eingepackt war. Nur ein bisschen, damit das Papier immer noch schützend die Orchidee umgab und trotzdem soweit offen war, dass etwas Licht durch den Spalt fallen konnte. Licht ist gut für Orchideen, dachte sich Paul. Ich bin sicher, Licht ist gut für Orchideen. Paul hatte ja keine Ahnung von Orchideen. Genaugenommen hatte er keine Ahnung von irgendwelchen Pflanzen. Mutter mochte keine Pflanzen. Gar keine, nicht einmal Kakteen. Neugierig betrachtete Paul die Blüte der Orchidee.

„Die Menschen haben keine Zeit mehr, irgendetwas kennenzulernen. Sie kaufen alles fertig in den Geschäften. Auch andere Menschen", sagte der Großvater. „Wer Bäume setzt, obwohl er weiß, dass er nie in ihrem Schatten sitzen wird, hat zumindest angefangen, den Sinn des Lebens zu begreifen."

„Soll ich jetzt einen Baum pflanzen, Opa?"
Der Großvater musste lachen: „Man kann nicht in die
Zukunft schauen, mein lieber Paul, aber alles, was du
tust, legt den Grund für Zukünftiges."
Paul begann zu verstehen.

„So wie ich die Orchidee gekauft habe? Damit
hab ich etwas getan, was ich zuvor noch nie getan habe
…"

„Betrachte die Blüte der Orchidee genau. Sie ist
deine Landkarte. Sie zeigt dir den Weg."

„Was? Die Blüte? Die Blüte ist eine Landkarte?
Wohin denn?" Paul versuchte seinen Großvater zu
verstehen. „Wie meinst du das?" Er konnte die
Gedanken seines Großvaters immer noch nicht ganz
nachvollziehen.

„Jemand zugestiegen, bitte", hörte Paul
jemanden von weit her sagen.

„Die Fahrscheine, bitte!", nuschelte ein Schaffner
im Tonfall der Eisenbahner. Abwesend zeigte Paul ihm

seine Fahrkarte.

„Na, unterwegs zur großen Liebe?", fragte der Schaffner auf die Blume deutend und zwinkerte Paul zu. Paul lächelte zurück und versuchte aus Verlegenheit mit den Ohren zu wackeln. Das brachte den Großvater zum Lachen.

„Jemand zugestiegen, bitte", hörte Paul den Schaffner sich entfernen.

Paul sah sich alle Details der Blüte an und versuchte, eine Landkarte darin festzustellen. Aber er hatte bald keine Zeit mehr, sich dafür blöd vorzukommen, in einer Orchideenblüte eine Landkarte zu suchen. Der Zug fuhr in Wien ein und Paul hatte Eile, die Orchidee wieder einzupacken, um sie vor dem kalten und grauen Wetter zu schützen.

Trotz des schlechten Wetters entschied sich Paul, zu Fuß nach Hause zu gehen. Er wollte die kostbare Zeit mit seiner Orchidee verbringen und wer weiß, vielleicht würde sich ihm ja die Landkarte eröffnen. Außerdem wollte er nicht zu schnell wieder zu Hause sein. Zu Hause wartete bestimmt schon Mutter auf ihn und wie die auf die Orchidee reagieren würde, war eine eigene, nicht zu kalkulierende Sache. Die Beziehung zwischen seinem Großvater und seiner Mutter, also der Schwiegertochter seines Großvaters, würde Paul mit „nicht existent" beschreiben. Mutter von seiner Begegnung mit seinem Großvater zu erzählen, kam ebenso nicht in Frage. Sie würde das als Bubenphantastereien abtun, die nur deshalb entstehen, weil Paul noch immer keine Freundin hatte. Mutter hatte sich so bemüht, die Richtige für ihn, ja sogar, die Richtige für sein erstes Mal zu finden. Keine, die sie vorschlug, war Paul recht. Insgeheim war sie darauf stolz, dass es keine andere Frau gab, die für ihren Paul gut genug war. Paul hatte seinerseits irgendwann aufgehört, Mädchen nach Hause einzuladen. Schon am jeweils nächsten Tag, hatte Mutter eine „Polizeiakte" für das jeweilige Mädchen angelegt. Als sie dann mit Paul ein vernünftiges Gespräch unter Erwachsenen führte, zeichnete sie solange das Bild einer Dämonin von diesem Mädchen, bis Paul aufgab. Irgendwann gab er auch auf, Mädchen anzusprechen. Alleine zu sein, war doch besser und vor allem bekannt und kalkulierbar. Allein mit Mutter zu sein, hatte auch Vorteile. Sie kochte wenigstens und putzte dauernd irgendwas und die Wäsche brauchte er auch nicht zu machen. Das war nicht unangenehm, und wenn es doch zu viel wurde, konnte er sich ja ohnehin in seinem Zimmer einschließen und Computerspiele spielen.

Paul war sich nicht einmal sicher, ob Mutter es ihm überhaupt gestatten würde, seine Orchidee zu behalten. Aber er hatte einen Entschluss gefasst. Paul würde die Orchidee mit nach Hause nehmen, auch wenn er den Großvater nicht erwähnen konnte. Die Eisenbahn hatte sich auch aus eigener Kraft bewegt. Auch Paul würde sich nun aus eigener Kraft bewegen. Diesmal würde er es drauf ankommen lassen. Diesmal würde Paul nicht im vorauseilenden Gehorsam einen möglichen Konflikt mit Mutter vermeiden und die Orchidee sofort entsorgen. So hatte Paul trotz des nasskalten Wetters keine Eile, nach Hause zu kommen.
Der kleine Großvater lächelte verschmitzt und rauchte seine Pfeife, während er das Schaukeln der Orchideenblätter durch Pauls Schritte genoss.

Guten Appetit

Je mehr Paul sich auf die Orchidee unter seiner Jacke konzentrierte, umso weniger nahm er von dem wahr, was rund um ihn passierte. Nicht die Straßenbahn oder die Autos, schon gar nicht die anderen Menschen, die seinen Weg kreuzten oder gar das Plakat der Privatuniversität für Musik und Kunst, das ein modernes Cellokonzert des „Petrasilienquartetts" bewarb. So merkte Paul auch nicht, wie er zu Hause angekommen war. Erst als er den Schlüssel ins Schloss der Wohnungstüre stecken wollte, realisierte er, wo er war. Er kam aber nicht rein. Es schien so, als würde eine unsichtbare Macht ihn zurückhalten, die Türe aufzuschließen.

„Paul, du wirst dieses Jahr vierunddreißig Jahre alt! Im Mittelalter wärst du schon Großvater und du hast Schwierigkeiten eine Wohnungstüre aufzusperren? Weswegen? Wegen einer Orchidee?"
Paul war kein Feind von Selbstgesprächen, schließlich braucht jeder ab und zu den Rat eines Experten. Paul

spielte mit dem Schlüssel in seiner Hand und ließ ihn immer wieder um seinen Finger kreisen. Er horchte auf. Paul konnte von drinnen deutliche Geräusche wahrnehmen. Er ordnete diese Geräusche seiner Mutter und einigen anderen – vermutlich weiblichen Personen – zu. Der Großvater in der Orchidee blieb unerreichbar. Das Gefühl, das Paul hatte – das Gefühl für die Orchidee, die Sorge, die er fühlte für etwas oder jemanden, den man zu lieben begann – dieses Gefühl spürte Paul sehr deutlich. Er konnte sich nicht dazu durchringen aufzusperren. Draußen stehenbleiben konnte er allerdings auch nicht. So stand er da, vor einer dieser klugen Neubauwohnungen im dritten Bezirk. Es war eine zweigeschossige Wohnung. Oben lagen die Schlafräume und das Bad, unten das Wohnzimmer und die Küche. Früher, als Pauls ältere Schwester noch hier gewohnt hatte, bewohnte sie eines der unteren Zimmer. Paul und seine Schwester hatten Mutter folgen müssen, als sie nach der Scheidung von Niederösterreich wieder nach Wien gezogen war. Mutter verwendete dieses Zimmer nun als Büro. Paul wusste nicht, was Mutter in diesem

Zimmer tat oder nicht tat, er hatte auch keine Ahnung, welche Art Arbeit Mutter nachgehen würde, außer dauernd irgendjemanden zu verklagen. Leider hatte die Wohnung nur einen Eingang, im unteren Bereich.

Paul wäre am liebsten unbemerkt in den oberen Bereich der Wohnung, in der sein Zimmer lag, gelangt.

„Reiß dich endlich zusammen Paul! In der Bibliothek kannst du dir das auch nicht erlauben! Ist das eigentlich bei allen Söhnen so, die ohne ihren Vater aufwachsen müssen? Können die sich alle nicht entscheiden und müssen die alle noch bei ihrer Mutter leben?", redete er mit sich selbst.

"Nein, müssen sie nicht!", tönte es aus der Orchidee.

Paul lächelte. Je mehr er die Orchidee zu spüren begann, um so entspannter nahm er die Situation wahr. Da hörte er Schritte auf die Türe zukommen, das Quietschen der Türspionklappe, einen Schlüssel, der energisch zweimal umgedreht wurde, und das Drücken der Türklinke.

"Pauli!

Paul, mein Liebeling!

Hab ich mich also doch nicht verhört.

Nein, was ist er doch für ein guter Junge!

Bringt seinem lieben, alten Mütterlein einfach so etwas mit.

Was ist denn das?

Blumen?

Ach Junge, ich bin ganz gerührt.

Das wäre doch nicht notwendig gewesen."

Mutter nahm Paul die Orchideen voll falscher Freude ab.

„Und was du für einen schönen Blumentopf ausgesucht hast ... So einen Sohn kann sich jede Mutter nur wünschen ... komm her, gib deiner alten Mutter einen dicken Schmatzer!"

Paul wusste in diesem Moment, er hatte die Schlacht um die Orchideen schon längst verloren, bevor diese überhaupt begonnen hatte. Das Einzige, was ihm jetzt noch einfiel, war, den Blumenstock schützend vor sich zu halten und so ein Bollwerk zu schaffen gegen die eingeforderten Körperlichkeiten von Mutter.

„Ach, ich versteh schon", zwinkerte Mutter ihm

zu. „Du bist schon ein großer Junge." Sie nahm den Blumenstock entgegen, um ihn triumphierend ihren Freundinnen, die zum Kaffeetrinken gekommen waren, zu zeigen. Die saßen am Wohnzimmersofa aufgereiht wie Papageien des kaukasischen Secret Service zum Sprechtraining. Sie plapperten wild gestikulierend durcheinander. Mutter stellte den Blumentopf neben den Kuchen und zwischen das Kaffeeservice. Dann quetschte sie sich zwischen die Freundinnen und versuchte, sich selbst, die Freundinnen und die Blumen mit ihrem Mobiltelefon zu fotografieren. Dieser Versuch scheiterte kläglich.

Paul stand indes im Türrahmen und grüßte die Damen aus der Ferne mit einem Lächeln. Zu präsent waren immer noch die Erinnerungen an seine Kindheit, in der er die jeweils gerade „Beste-Freundin-für-immer" seiner Mutter drücken und küssen musste, weil diese ja auch gerade ein Mitglied der Familie geworden war. Die eine kannte er, das war Ingeborg, die andere war Heidi, aber die dritte, die war neu.

„Pauli, Liebeling, Dearest", riss ihn Mutter aus den

unangenehmen Kindheitserinnerungen, „mach doch ein Foto von Mami und ihren ‚Für immer besten Freundinnen', sei lieb Paul, ja?"

Paul nahm das Mobiltelefon seiner Mutter und fotografierte die Papageien, die nicht stillhalten wollten, mit Mutter als Ausbilderin des Secret Service, die zusätzlich noch den Blumenstock auf den Knien balancierte. Paul wählte den Bildausschnitt so, dass keine Köpfe auf dem Bild zu sehen waren, und hoffte, dass der Secret Service Kaukasiens zu sehr mit sich selbst beschäftigt sein würde, um das zu überprüfen. „Die Blumen packen wir dann später aus, später wenn Paul und ich wieder alleine sind, ihr versteht das doch", verkündete Mutter wie bei einem Ereignis, bei dem alle dabei sein wollten und es doch nicht durften.

Der kaukasische Secret Service nickte verständnisvoll. Natürlich dauerte es nicht lange, bis die Papageien merkten, dass ihre Köpfe nicht auf dem „Beste-Freundinnen-für-immer-Bild" drauf waren.

Mutter erinnerte Paul mit scharfer Stimme an den Ofen, der in der hinteren Ecke des Raumes stand: „Weißt du, wozu dieser Ofen hier steht, Paul Thomas?"

„Ja, Mutter, das ist der Ofen der Ungezogenheiten ...", sagte Paul resignierend.

„Und warum darf er nicht angezündet werden?"

„Weil ,Sich-blöd-Stellen' so ist wie Feuer ...", fuhr Paul kleinlaut fort.

„Und?"

„Und dann explodiert das beim Verbrennen ... irgendwie so ...?", war Paul sich nicht ganz sicher.

„Genial!", rief Ingeborg. „Nur ein Ofen, in dem man nichts anzündet, kann das Feuer kontrolliert werden

„Das ist die einzige Möglichkeit, denn Feuer ist böse, sehr böse! Niemals darf man Kindern erlauben, mit Feuer zu spielen", ergänzte Mutter.

Paul machte ein weiteres „Selfie" von Mutter und ihren Freundinnen. Diesmal mit Köpfen.

„Das ist so ein lieber Bub", waren sich die Papageien und die Ausbilderin des kaukasischen Secret Service einig.

Heidi hatte eine Idee: „Mädels, habt ihr schon mal Wodka mit Eierlikör gemischt?"

Alle waren sich einig, dass das eine gute Idee war.

„Meine Damen! Für diese Mischung brauchen wir die richtige Musik - Robert Schuhmann op. 129 in A-minor", forderte Mutter während des Aufstehens ein.

„Wenn mich hier niemand mehr braucht, dann geh ich auf mein Zimmer?", fragte Paul.

„Paul!", rief ihn Mutter, „hast du nicht noch was vergessen?"

„Ja, Mutter", sagte Paul.

Tiefer kann man nicht sinken, dachte er sich, als er jede von Mutters Freundinnen auf die Wange küssen musste. Dann ging er nach oben in sein Zimmer, sperrte die Türe ab, dreht seinen Computer auf, lud seine Waffen durch und machte sich bereit Zombies abzuschlachten. Durch die Kopfhörer waren weder das Cellokonzert von Schuhmann, noch die trinkenden und schwatzenden Frauen zu hören.

Schlachtgeräusche hingegen waren gut. Paul mochte das Militär. Er hatte seit seinem zwölften Lebensjahr - dem Jahr, als sich sein Vater von seiner

Dearest-Mami scheiden ließ - ausschließlich Militärfilme angesehen. Wurde es zu Beginn von Mutter nicht ohne Stolz mit „Das Erwachen des Mannes im Kinde. Wer braucht schon einen Vater. Mami kann ohnehin alles im Internet nachlesen, was ein Kind braucht." kommentiert, so war es spätestens ab seinem fünfzehnten Lebensjahr so, dass er die Männer in den Uniformen deshalb so bewunderte, weil sie hinter den Uniformen ihre Gefühle verbergen konnten. Das Leben dieser Männer war geprägt von Ritualen, Formalismen und jeder Menge Regeln, bei denen man nichts falsch machen konnte.

Paul war geschickt im Zombieabschlachten. Am liebsten spielte er über ein Netzwerk mit anderen, menschliche Interaktionen, vorsichtshalber ohne soziale Kontakte. Dass Paul im Netzwerk spielte, wusste Mutter natürlich nicht. Paul entwickelte sich nach und nach zu einem Soldaten, der in Bezug auf Mutter eine Regel nach der anderen aufstellte, um seine Gefühle dahinter verbergen zu können. Schließlich konnte er alle Gefühle, die in ihm aufstiegen, so gut unter Kontrolle halten, dass diese keine Chance mehr hatten, an die Oberfläche zu kommen. Nun konnte ihn nichts mehr verletzen. Jedes Mal, wenn Mutter ihn um etwas bat, hörte er ein „Yes Sir, wie Sie befehlen, Sir" und er führte es als Befehl ohne emotionale Beteiligung aus. Zum Glück hatte sie nie von ihm gefordert einen Goldhamster abzuschlachten. Paul wäre dem Befehl ohne nachzudenken nachgekommen. Als erwachsener Mann wäre Paul sofort zum Militär gegangen und hätte sich dort sein ganzes Leben verpflichtet, aber er musste bei der Stellung Mami-Dearest ganz tief in die Augen schauen und versprechen, dass er niemals etwas mit Schusswaffen anfangen werde, weil das viel zu gefährlich sei für ihren kleinen Pauli–Liebeling.

„Yes Sir, wie Sie befehlen Sir, bin ganz Ihrer Meinung, Mutter-Sir."

Paul war Zivildiener beim Roten Kreuz geworden und freute sich zusammen mit Mutter über seine schicke Uniform. Paul wäre gerne beim Roten Kreuz geblieben, um weiter freiwillig mitzuhelfen, doch Mutter meinte, es würde zu viel Zeit in Anspruch nehmen, und so musste er die Uniform wieder abgeben. Seine Spielfigur im

Zombieland hatte er deshalb mit einer Armbinde des roten Kreuzes ausgestattet, die für das Spiel keine weitere Bedeutung hatte. Paul tauchte völlig ab in die Tiefen des Zombielandes.

Paul zuckte zusammen und wurde jäh aus seinem Spiel gerissen, als jemand die Klinke seiner Zimmertüre hinunterdrückte, in der Erwartung, diese sei offen, und als Folge davon gegen Pauls Türe rumste. Geistig noch ganz mit militärischen Aktionen zur Verbesserung der Gesamtsituation der Erde beschäftigt, nahm er langsam die Kopfhörer ab.

„Klopf, klopf, Pauli! Dearest!"
Unwillkürlich zuckte Paul zusammen. Im Zombieland war er sicher gewesen. Die Gefahr lauerte vor seiner Zimmertüre.

„Klopf, klopf, Pauli! Liebeling! Ich weiß, dass du da bist!"
Paul wusste, dass selbst sich tot stellen keinen Sinn machen würde. Mutter würde ihn mit einem First-Aid-Kit wiederbeleben.

„Klopf, klopf, klopf, …“

Während Mutter noch einatmete, sagte Paul: „Ja, Mutter?"

„Paul-Schatz, wir wollten doch dein Geschenk auspacken", flötete Mutter durch die Türe.“

Paul sah zum Bildschirm, sein Leben war nur noch bei fünfundsechzig Prozent.

„Ach so, das", erwiderte Paul, „das kannst gerne auch ohne mich auspacken."

„Paul! Auch wenn es hier keinen Mann im Haus gibt, wir werden hier nicht in der Anarchie versinken, wo jeder tut, was er will! Komm jetzt da heraus!“

Pauls Leben war unter fünfzehn Prozent gesunken. Wenn er jetzt nicht bald etwas täte, würde sein Gehirn nur noch als Mischfutter verwendbar sein.

„Mutter, ich bin wirklich beschäftigt“, klagte Paul.

„Das, was ihr jungen Männer immer alleine hinter verschlossenen Türen macht, dafür hast du später noch genug Zeit“, versprach Mutter.

„Mutter, ich werde diese Türe jetzt nicht öffnen“, sagte Paul in der Stimmlage eines trotzigen Kindes.

„Und ich werde hier nicht weggehen, bis du mit mir dein Geschenk ausgepackt hast", sagte Mutter mit einem Unterton, der nichts Gutes vermuten ließ.

„Du bist genauso, wie dein Vater. Genauso stur und unnachgiebig. Ich weiß, eines Tages wirst auch du mich verlassen. Das wird der Tag sein, an dem ich sterbe. Das Einzige, was dein Vater konnte, war Spinat nach Hause bringen. Egal, um welche Zeit ich Spinat brauchte, dein Vater hat ihn besorgt. Nur Gott allein weiß, wo er den Spinat immer herbekommen hat. Weißt du, dass ich während deiner Schwangerschaft praktisch nichts Anderes essen konnte als Spinat?"

„Ja, Mutter, das weiß ich."

„Alleine dafür, dass ich das auf mich genommen habe … alleine dafür … habe ich ein klein wenig Dankbarkeit verdient. Nur ein klein wenig. Meinst du nicht? Und dein Vater, weißt du überhaupt, was das für ein Mensch ist? Weißt du das überhaupt? Er hat seine Zeugnisse als Theaterdirektor gefälscht und wollte damit in Neuseeland neu anfangen. Wer macht denn so etwas?

Das ist doch kriminell! Und dann ist er dort auch gleich gestorben. So einer ist das."

Plötzlich war in ihrer Stimme nur noch Resignation zu hören: „Paul, mach endlich die Türe auf. Paul hörst du?"

Sie klagte weinerlich weiter: „Bitte, werde nicht so wie dein Vater, bitte verlasse mich nicht. Ich hab doch sonst niemanden Paul, Paul?"

Um dann wieder im Zorn ihre Stimme zu erheben: „Paul Thomas, mach jetzt sofort diese Türe auf! Nur ein klein wenig! Ist es denn ganz egal, was eine Mutter alles für ihren einzigen, geliebten Sohn getan hat? Was ich alles für dich aufgegeben habe? Für dich und immer nur für dich! Und dann tust du mir das an! Nach allem, was ich für dich getan habe! Ich werde noch sterben Paul, sterben, hörst du, an deiner Undankbarkeit werde ich noch verrecken! Paul! öffne diese Türe! Jetzt! Ich fühle mich schon ganz krank. Sehr ganz krank."

Paul wagte es nicht weiterzuspielen. Er war aufgestanden und zur Türe gegangen. Er war versucht seine Zimmertüre aufzusperren, in der Angst Mutter könnte sich so sehr in ihre Stimmungslage hineinsteigern und sich im Affekt doch etwas antun. Dann aber hätte sie gewonnen. Wie immer. Er ging leise zur Türe, Schlüssel und Klinke hatte Paul schon in der Hand. Er schloss die Augen und begann langsam von Zehn rückwärts zu zählen.

„Glaubst du mir nicht, Paul? Du wirst schon sehen! Es ist psychologisch erwiesen, dass undankbare ...“
Neun.

„... Kinder ihre Eltern früher ins Grab bringen, als dankbare! Paul! Weißt du, was ich jetzt tun werde?“
Acht.

„Ich werde jetzt dein liebes Geschenk ganz alleine öffnen.“
Sieben.

„Und dann werde ich das, was immer auch da drinnen ist, einfach aufessen!“
Sechs.

„Ich werde dein Geschenk einfach auffressen. Na gut, wenn es das ist, was du willst, Paul?“
Fünf.

Paul hechtete zurück zum Computer und startete die Internetsuchmaschine: Giftige Orchideen sind im Handel, in Österreich, nicht erhältlich. Zum Glück! Paul atmete durch. Er hörte, wie Mutter das Papier zerriss.

Vier.

Paul konnte überdeutliches Schmatzen nahe an seiner Zimmertüre hören.

Drei.

„Schmeckt mir gut dein Geschenk, du kannst öfters Gemüse mit nach Hause bringen, vor allem die Stängel haben so eine undankbare Note."

Zwei.

„Und wenn Mami jetzt sterben muss, dann nur, weil mein Herr Paul seine Türe nicht aufmachen wollte. Du bist dann Schuld daran, dass ich sterben muss. Niemand weiß, wie giftig diese Blume ist."

Eins.

„Es sind nur mehr die Stängel übrig. Paul, ich fühl mich schon ganz schlecht, Paul bitte, das ist jetzt kein Spaß mehr, Paul? Mami brauch Hilfe", Mutters Stimme klang eher wie Gekrächze, als nach menschlicher

Artikulation.

Paul atmete tief durch, drehte den Schlüssel um und öffnete seine Zimmertüre.

Sofort ging in Mutters Gesicht die Sonne auf: „Paul, mein lieber, lieber Paul. Sag mal, wie war's denn beim Zahnarzt?"

Therapiestunde

„Mahlzeit", seufzte Paul. „Hat`s geschmeckt?"

„Danke", antwortete Mutter spitz und schluckte mit etwas Aufwand den letzten Rest Orchidee hinunter. „Paul", fuhr sie fort. Siehst du hier vielleicht irgendwo Pflanzen? Das hat einen Grund, Paul. Du weißt doch, dass Mami keine Blumen haben kann ... Mami kann doch überhaupt keine Pflanzen haben, Pauli-Dearest, das weißt du doch! Blumen sind doch nur Staubfänger und Mami kann doch nicht den ganzen Tag hinter blöden Blumen her putzen, Mami hat schließlich Wichtigeres zu tun. Paul, das weißt du doch."

„Entschuldige", sagte Paul leise, „entschuldige, bitte."

Mutter atmete durch.

„Na das macht ja nichts, so schlimm ist es auch nicht", erwiderte Mutter. „Du bist ja nur ein Bub und Buben machen eben öfters etwas falsch als Mädchen ... das ist genetisch, da kannst du nichts dafür, das hast du von deinem Vater. Mami hat dich trotzdem lieb Paul ... Mami weiß genau, was du jetzt brauchst! Einen Drücker von Mami, mein Liebeling, dann ist alles wieder gut. Ich weiß, mein Paul hat das gar nicht so böse gemeint. Pauli hat nur wieder eine Dummheit gemacht."

Instinktiv wich Paul zurück, sein ganzer Körper verkrampfte sich und wurde steif. Das hielt Mutter allerdings nicht ab, ihn zu umarmen.

Diesen Abwehrinstinkt hatte Paul in der Zeit nach der Scheidung seiner Eltern entwickelt, als er immer am Morgen in Mutters Bett kommen musste, um mit ihr zu kuscheln. Zuerst musste er die Vorhänge zuziehen, damit es wieder dunkel war, und dann unter Muttis Decke schlüpfen. Die körperliche Nähe, die Mutter suchte und zu der sie Paul verurteilte, erschwerte es Paul, Morgen für Morgen, mehr körperliche Empfindungen zu haben. Dafür unterschrieb sie ihm auch immer Entschuldigungen, wenn er deshalb verspätet zur ersten Stunde in der Schule auftauchte. Irgendwann wachte er dann regelmäßig vor seiner Mutter auf und nutzte die

Zeit, um in Videospielen Zombies abzuschießen, bevor er sich unter Mutters Decke legen musste. In der Schule flimmerten die Bilder vom morgendlichen Zombie-Abschlachten immer noch in seinem Gehirn und legten sich über die Wahrnehmung der Realität des Mathematiklehrers. Das war für Paul vergnügliche Kurzweil während der Berechnung von Oktaedern oder des Satzes des Pythagoras. Einmal – Vater war schon ausgezogen – war Vater zufällig in Mutters Schlafzimmer gekommen, als Paul wieder „Yes Sir, wie Sie befehlen, Mutter-Sir" unter Mutters Decke liegen musste. Paul lag da, vollständig angezogen und stocksteif und blickte starr zur Zimmerdecke. Vater fragte: „Was wird denn das hier, Sophie? Hilfst du ihm dann auch, wenn ihm am Morgen nach Erleichterung ist?"

Paul sprang auf und rannte ins Bad. Dort sperrte er sich ein. Mutter warf Vater kreischend und keppelnd aus dem Haus. Der würde ohnehin nichts verstehen und war sowieso schuld an allem. Dann nahm sie Vater den Schlüssel ab, während Pauls Schwester viel zu stark geschminkt aus der Küche kam und in die Schule ging.

Mutters Umarmung ließ nach und schließlich ließ sie Paul wieder los.

„Gleich morgen in der Früh bringst du die Reste von diesem Gestrüpp zum Mistplatz, noch bevor du in die Arbeit gehst! Hast du gehört, Paul Thomas!"

„Ja, Mutter, gleich morgen Früh, bevor ich zur Arbeit fahre", wiederholte Paul pflichtbewusst.

„Für junge Männer ist es nicht gut, wenn sie die Türe abschließen. Ich weiß ja, dass ihr euren eigenen Bereich braucht, aber Mami kann heute nicht alleine sein. Heute lässt du deine Türe offen. Machst du das für Mami?"

„Kein Problem", sagte Paul und nahm ihr die Überreste der Orchidee ab.

„Darf ich mich einen Moment niedersetzen?", fragte Mutter schwach.

Paul machte eine einladende Geste und Mutter setzte sich auf Pauls Bett.

„Pauli, Dearest, ich möchte bitte ein Glas Wasser trinken, bist du so gut? Aber hol es bitte aus der Küche und nicht aus dem Bad. Du weißt, das schmeckt besser."

„Aus der Küche, nicht aus dem Bad", wiederholte Paul und stellte den Blumentopf mit den Orchideenüberresten auf seinen Schreibtisch.

Während Paul das Glas Wasser aus der Küche holte, öffnete Mutter Pauls Schubladen, fand aber nichts, was ihre Aufmerksamkeit erregte. Pauls Spielfigur im Computerspiel war nun bei null Prozent. Sie regte sich nicht mehr. Ihr Hirn war längst von den Zombies gefressen worden. Als Paul das Zimmer mit dem Glas Wasser betrat, saß Mutter schon wieder auf dem Bett. In diesem Moment erhob sich die Figur aus dem Computerspiel, um fortan als Zombie „weiterzuleben."

„Gibt es etwas, worüber du mit mir sprechen willst, Paul?", begann Mutter.

Fuck, dachte Paul, so beginnt das immer und das endet dann in einem ihrer stundenlangen Psycho-Manipulations-Diskussions-Monologen.

„Alles okay", log Paul.

Gedankenverloren steckte Mutter den Stecker von Pauls

Nachttischlampe in die Steckdose ein und wieder aus. Immer und immer wieder: einstecken, ausstecken, einstecken, ausstecken, einstecken, ausstecken.

„Paul, ich spüre doch, dass da was ist", fuhr Mutter fort. „Ist es wieder wegen deinem Vater?"
Paul wusste, dass er verloren hatte.

„Gut, dann reden wir über deinen Vater und wie er unsere schöne Familie zerstört hat und wie schlecht sich das auf dein Leben ausgewirkt hat."

„Mutter!"

„Nein, du hörst jetzt zu! Er ist nur deshalb nach Neuseeland gegangen, um sich dort in seiner Männlichkeit zu verwirklichen, und dann ist er dort gestorben. Dein Vater ist tot. Leider!", eröffnete Mutter.

„Nein, Mutter, Vater ist nicht tot, er ist nur nie aus Neuseeland zurückgekommen", sagte Paul ganz laut.

„Und warum hat dann die Lebensversicherung bezahlt, wenn er nicht tot ist? Das ist eine Ablebensversicherung und Ableben heißt Sterben, Paul! Dein Vater ist tot. Auch wenn mir das für dich wirklich sehr, sehr leidtut. Tot bleibt eben tot. Und selbst wenn er noch irgendwo lebt, was völlig ausgeschlossen ist", fuhr sie fort, „dann ist er eben wie tot. Hier und für diese Familie ist er gestorben."

„Nein Mutter, er ist nur nie aus Neuseeland zurückgekommen", wiederholte Paul. „Weißt du, Paul", fuhr Mutter fort, „dein Vater war so ein Mensch – und ich möchte, dass du jetzt genau zu hörst – für den konnte eine Frau nicht schön genug sein." „Blödsinn, Vater war ein Hippie, der sein Hippiedasein für die Familie aufgegeben hat und arbeiten gegangen ist. Für den zählen ganz andere Werte", entgegnete Paul. „Trotzdem, ich war nie schön genug für ihn. Eine Frau spürt so etwas und ich bin sicher, der hatte auch etwas mit jüngeren Frauen. Das hat unsere Familie zerstört. Und ..."

„Hör auf, Mutter, ich kann das nicht mehr hören. Vater ist gegangen, weil er dich nicht mehr ausgehalten hat, nur dich! Und nicht er hat unsere Familie zerstört, sondern du, als du lauter Lügen über ihn erzählt hast. Lügen, zu denen er nichts mehr sagen konnte, weil er schon gegangen war", sagte Paul scharf.

„Das stimmt überhaupt nicht!", brüllte Mutter

und rammte den Stecker der Nachtischlampe ein letztes Mal in die Steckdose. „Wie oft muss ich dir das noch erzählen, bis du weißt, was die Wahrheit ist? Ihr Männer steckt ja alle unter einer Decke! Alles, was ihr könnt, ist Salat kaufen."

„Mutter! Bitte, verlass mein Zimmer! Ich will jetzt Computer spielen. Ich werde nur mehr Computer spielen in meinem Leben. Ich werde nichts Anderes mehr machen, als Computer zu spielen und arbeiten zu gehen, arbeiten gehen und Computer spielen und ich werde vor allem keine Blumen mehr mit nach Hause bringen. Nie mehr!" Paul war zu seinem eigenen Erstaunen sehr laut geworden.

„Aber, Pauli, mein Liebeling, die Türe lässt du schon offen?", fragte Mutter vorsichtig mit der Stimme eines kleinen Mädchens.
Paul sagte nichts, ließ aber die Türe offen. Während Mutter das Zimmer verließ, setzte er sich an den Schreibtisch. Als er sich eben die Kopfhörer aufsetzen wollte, hörte er, wie Mutter zurückkam und fragte: „Paul

...?"

„Ja!"

„Ich hab da noch eine Frage: Findest du mich schön? Auch wenn ich schon so eine alte Frau bin?"

„Ja Mutter, alle kleinen Jungs wollen doch ihre Mami heiraten", sagte Paul resignierend, weil er wusste, dass er sie mit solchen Sätzen am ehesten loswerden konnte.

Mutter lächelte, er war ja doch ein guter Junge und Mutter flog leichten Fußes in ihr Schlafzimmer. Pauls Zimmertüre stand weit offen. Zombies schlachten, Bücher schlichten und nie wieder Gemüse. Nie wieder Großväter, die aus Blüten sprechen würden. Das war ein Lebenskonzept und bitte nichts anders mehr.

Es war weit nach Mitternacht, als Paul endlich in sich die Ruhe fand, um den Platz vor dem Computer zu verlassen und schlafen gehen zu wollen. Er warf den abgefressenen Orchideenstängeln einen letzten mitleidigen Blick zu und wunderte sich darüber, was das Gehirn einem für Streiche spielen kann, wenn man zu viel

Zeit vor dem Computer verbrachte.

„Ich sollte weniger Computer spielen", sagte er sich, „sonst erwecke ich noch alles Mögliche zum Leben."

Mutter – das war das reale Leben. Damit musste er fertig werden, nicht mit irgendwelchen eingebildeten verstorbenen Verwandten in Pflanzen. Hätte er zu diesem Zeitpunkt die Sprache der Pflanzen beherrscht, hätte er die Wurzeln im Blumentopf leise kichern hören. Paul aber hörte ein eigenartiges Kratzen und Schleifen, das ihm viel zu bekannt vorkam.

Er ging aus seinem Zimmer und sah durch das Riffelglas von Mutters Schlafzimmertüre. Dahinter konnte er verschwommen menschliche Regungen, nämlich Mutter, erkennen. Er trat ein, doch sie bemerkte ihn nicht.

„Mutter?", fragte er und wieder, „Mutter?"

Doch sie antwortete nicht. Mutter hatte auf ihrem Doppelbett das ganze Silberbesteck ausgebreitet und nach einem nicht nachvollziehbaren Ordnungssystem geschlichtet. Sie hatte in der linken Hand einen

Putzlappen und polierte das völlig saubere Silberbesteck in immer schneller werdenden Bewegungen.

„Mutter?"

Mutter war nicht ansprechbar. Paul kannte diese Aktionen von Mutter und wusste, dass dieser Zustand ungefährlich war. Mutter antwortete in diesen Situationen nie, sondern polierte weiter das Besteck mit Silberpolitur. Sie reagierte überhaupt nicht auf Paul. Paul wusste nicht, was das war. Er hatte sie schon öfters bei absolut sinnlosen Tätigkeiten erlebt, die die ganze Nacht andauerten. Früher, als Paul und seine Schwester noch klein waren, legte sie sich dann, kurz bevor sie aufstehen musste, wieder nieder, um dann rechtzeitig aufzustehen und für ihren Liebeling und seine Schwester das Frühstück zu richten. Danach legte sie sich wieder schlafen. Und so würde es dieses Mal auch wieder sein. Er wusste, dass das keine Sache von übermäßigen Eierlikör-Wodkamischungen war. Paul war mit der Situation zu sehr vertraut, als dass sie ihm Angst machen würde. Dafür hatte er gelernt, Soldat zu sein. Paul setzte sich aufs Bett und sah ihr eine Zeit lang beim Polieren des

Silberbestecks zu. Mutter hatte sich zurechtgemacht, sie trug ein langes Nachthemd mit kleinen englischen Rosenmustern in unterschiedlichen Farben. Auf dem Kopf hatte sie eine blonde Langhaarperücke, um den Hals trug sie eine Perlenkette und am Ringfinger ihren Ehering.

„Bringst du Mami die Sonnenbrillen, Schatz? Der Schatz funkelt viel zu hell."
Wortlos ging Paul, um Mutters übergroße Sonnenbrille zu holen. Als er wieder zurückkam, war er noch nicht im Türrahmen, als sie ihn fragte: „Und ist Mami schön? Ist Mami die schönste? Und eine gute Hausfrau ist sie auch! Die Mami, die immer alles in Ordnung hält, immer muss alles ganz sauber sein, muss alles ganz sauber strahlen."
Paul setzte ihr die Sonnenbrille auf und ging in sein Zimmer. Heute würde nichts mehr passieren. Morgen würde ein anstrengender Tag werden, das wusste er heute schon.

Während des Einschlafens fragte sich Paul, warum er nicht ein einfaches Leben haben konnte, eines, wo man ihn einfach in Frieden ließ. Er wusste, Mutter würde ihn brauchen, er konnte hier nicht weg. Zu stark fühlte er sich Mutter verpflichtet und sonst war ja keiner da für sie. Zu stark war die Sorge um Mutter, Paul konnte sie einfach nicht alleine lassen. Das war das Erbe seines Vaters. Ein Erbe, bei dem er nicht die Wahl hatte, es annehmen zu wollen oder nicht. Paul hatte das Erbe antreten müssen, während sein Vater noch am Leben war. In Neuseeland, aber am Leben. Nun war es besser geworden, Arrangements mit Mutter zu treffen, da wusste er schon, worauf er sich einließ, und Paul fand, dass es ein gutes Arrangement war. Morgen würde er arbeiten gehen und wenn er nach Hause käme, würde Mutter schon gekocht haben und den Streit vergessen haben. Paul würde jede Mahlzeit der nächsten Tage von perfekt poliertem Silberbesteck essen.

Im Traum spielte er die letzte Szene seines Computerspiels noch einmal durch. Doch dieses Mal hatten alle Zombies Teile von Mutters Schmuck am Arm oder trugen ihre Perlenkette. Ein paar ganz freche Zombies kamen in blonden Langhaarperücken angelaufen, während einige schüchterne Zombies ein langes Nachthemd mit Rosenmustern in unterschiedlichen Farben trugen. Mutters Schmuck war eine Art Schutzschild für die Zombies, sodass Pauls sie nicht einfach abknallen konnte. Als Paul von den Nahkampfwaffen auf die Fernkampfwaffen wechselte, war sein Maschinengewehr auf einmal nicht greifbar, dafür konnte er ein Cello auswählen. „Echt jetzt? Was soll ich denn mit einem Cello?", fragte sich der träumende Paul. Trotzdem wählte Paul das Cello und hielt es wie ein Maschinengewehr. Augenblicklich kontrollierte er einen Cellobogen, und als er damit auf den Seiten des Cellos hin und her strich, schossen die Noten aus den Saiten des Cellos und zerstörten die Schutzschilde der Zombies. Nun konnte Paul den Zombies mit herkömmlichen Schusswaffen die Gehirne aus den Köpfen schießen. Paul lächelte im Traum.

Im Bildschirmschoner des Computers war ein Bild mit Hibiskusblüten zu sehen, in denen ein Hawaiianisches Sprichwort zu lesen war: „Erst durch Wasser erblüht das

Gesicht der Blumen."

Großvater hatte es sich in einer der Hibiskusblüten gemütlich gemacht und hielt eine Lesung mit fremd- und selbstverfasster Lyrik ab, die im Krieg verloren gegangen war. Paul würde sich am nächsten Morgen weder an den Traum noch an die Spontanlesung des Großvaters erinnern können.

Schwimmkurs

Als Paul nach kurzem Schlaf aufwachte, verwarf er blitzschnell das Gefühl, Sand zwischen seinen Zehen zu spüren. Dann stand er auf und ging ins Badezimmer. Das Bad und das Klo – das waren geliebte Orte der Einsamkeit für Paul. Orte, an denen es erlaubt war, alleine zu sein, alleine und sicher vor Mutter. Diesen Umstand nutzte Paul so gründlich aus, dass er jeden Morgen exakt eine Stunde im Bad verbrachte. Paul hatte es gelernt, sich im Bad unglaublich viel Zeit zu lassen, nicht nur um sich lange und gründlich die Zähne zu putzen, sondern vor allem um sich zu waschen, um sich immer und immer wieder die Hände zu waschen. Paul war jetzt kein Sauberkeitsfreak, der immer ein Fläschchen Desinfektionsmittel mithaben musste. Er hatte gar keine Angst davor, sich schmutzig zu machen, auch wenn er dazu praktisch nie Gelegenheit bekam. Anderen Menschen die Hand zu geben, war für ihn deshalb schwierig, weil es zu viel soziale Interaktion bedeutete. Paul liebte es, sich am Morgen zu waschen, sich immer und immer wieder zu waschen. Seine innere Uhr erinnerte ihn daran, wann eine Stunde vorbei war und es Zeit wurde, dass Paul sich nun stolz und mit frisch gewaschenem Selbstvertrauen der Welt und Mutter präsentierte. Mutter fand das ganz wunderbar, war doch Paul das schönste Kindelein unter der Sonne und das schönste Kindelein unter der Sonne hatte natürlich ein Recht darauf, sich immer schön herzurichten. Klar hatte sie, als Paul so sechzehn Jahre alt gewesen sein mag, immer wieder versucht, ins Bad einzudringen, und versucht, ihrem Sohn etwas gerade in diesem Moment Unaufschiebbares, immens Wichtiges, sagen zu müssen. Paul hatte schnell verstanden, dass, wenn man die Dusche laufen lässt, dann diejenige, die vor der Badezimmertüre steht, der Meinung ist, sie würde nicht gehört werden können. Mutters Versuch ins Badezimmer einzudringen, war abgewehrt worden. Nach solch einem Sieg bekam Paul ein breites Lächeln, das er dann gerne und lange im Spiegel betrachtete.

Paul kam aus dem Bad und setzte sich an den mit

weißem Porzellan und perfekt polierten Silberbesteck gedeckten Frühstückstisch. Mutter hatte sich alle Mühe gegeben, alles äußerst fürsorglich erscheinen zu lassen. Paul war mit einer Schüssel Cornflakes zufrieden.

„Paul", begann Mutter. „Ach, ich kann es nur einmal mehr sagen: Wenn du so strahlend aus dem Bad kommst, … du bist einfach der schönste Bub unter der Sonne. Und das sage ich nicht nur, weil ich deine Mutter bin, das ist wirklich so." Paul sah sie nicht an und antwortete nicht. Er saß da, aß sein Frühstück und dachte über den bevorstehenden Arbeitstag nach.

„Du bist genau wie mein Bruder Jan, der brauchte auch immer ewig am Morgen im Bad, erinnerst du dich daran, Paul? Ich erinnere mich noch ganz genau. Das hast du von ihm geerbt, all die guten Dinge in deinem Leben, die hast du von meiner Familie geerbt. Paul, hörst du mir überhaupt zu?"

In Pauls Kopf war auf einmal eine ganz andere Frage: „Mutter? Kannst du dich noch an Großvater erinnern? Den Ungarnopa?"

Paul wusste, dass der Ungarnopa nicht wirklich aus

Ungarn stammte, aber die Familie kam erst drei Jahre vor seinem Tod drauf, dass er perfekt Ungarisch sprach, als er einmal zufällig das Telefon abhob. Also nahm die Familie an, dass er zumindest eine Zeit lang in Ungarn gelebt haben musste. Er selbst hatte nie Angaben dazu gemacht und der Name war ihm geblieben.

„Mein Ex-Schwiegervater?" Mutter sprach mit schriller Stimme und zog eine Augenbraue hoch. „Nur so viel: Der Apfel fällt nicht weit vom verfaulten Stamm!"

„Mutter!"

„Na wenn es doch wahr ist."

Paul selbst hatte noch vier Erinnerungen an seinen Großvater. Die Erste war, dass er immer kam und das Wasser abdrehte, während Paul und seine Schwester im aufblasbaren Planschbecken spielten. Das war aus Großvaters Sicht Wasserverschwendung. Der Streit mit Mutter war jedes Mal vorprogrammiert. Die Zweite war, dass er Paul und seiner Schwester – und nur den beiden – erzählte, wie er am Russlandfeldzug verwundet worden war und was er für ein Riesenglück gehabt hatte, mit dem

Flugzeug für die Verletzten wieder zurückgeflogen zu werden. Die Dritte war, dass er Sprengmeister war und im Steinbruch arbeitete. Paul kam es immer so vor, als würde Großvater mit jeder Ladung Sprengstoff einen Teil seiner Gefühle, die nach dem Krieg nicht mehr auffindbar waren, in die Luft sprengen. Vor dem Krieg hatte er es genossen, Damenrunden mit selbst geschriebenen Gedichten zu unterhalten, die sich dafür mit Tee und Gebäck revanchierten. Was die wenigsten wussten, war, dass der Ungarnopa ganz großartig Flügelhorn spielen konnte.

Jede Woche passierte etwas aufs Neue. Einmal sprengte Großvater ein Gedicht in die Luft, ein anderes Mal ein Konzert für Flügelhörner, das er vor dem Krieg geschrieben hatte, und wenn es einen ganz großen Rums machte, dann war gerade ein mit dem Flügelhorn vertontes Gedicht dabei, in die Luft zu fliegen. Und Großvater war Wiegemeister für die Stiere des Dorfes, bevor diese zum Fleischer gebracht wurden. Wenn Pauls Familie den Sommer bei den Großeltern verbrachte, dann durfte Paul immer auf den Stieren reiten, die Großvater zur Waage führte.

„Darf ich dich was fragen Paul? Was willst du denn von deinem Großvater? Warum fragst du, Paul?" Mutter war nervös geworden.

„Nur so, Mutter, nur so, manchmal denkt man eben über die Familie nach."

„Ach, mein Liebeling", war Mutter ganz entzückt. „Darüber brauchst du doch nicht nachzudenken. Ich bin deine Familie und mehr Familie brauchen wir auch nicht. Was immer von deiner Vaterseite kommt, ist ohnehin vorbei."

Na, vielleicht auch nicht, dachte Paul ganz leise in sich hinein und schaufelte weiter Cornflakes in seinen Mund.

„Paul, mein Liebeling, darf ich dich etwas fragen?"

„Aber sicher, Mutter", antwortete Paul.

„Du wirst nicht vergessen, die Blumen auf den Mistplatz zu bringen?"

„Nein, Mutter, werde ich nicht vergessen", antwortete Paul, der sein Frühstück beendet hatte. Er ging nach oben, um die Reste der Orchidee zu holen.

Er nahm Mantel und Hut und war schon im Begriff die Wohnung zu verlassen, als ihn Mutter noch einmal zusammenzucken ließ.

„Paul, wegen gestern ...“

„Ja, Mutter ...?“

Sie hatte noch nie über die verrückten Dinge, die sie in der Nacht so machte, mit ihm sprechen wollen. Das war selbst für Paul neu.

„Ich möchte, dass du wieder zu Frau Dr. Dr. Sprenger gehst.“

Ach so, das, dachte Paul erleichtert, das hätte ich mir schon denken können.

„Es ist nicht gut, wenn junge Männer so viel Zeit alleine in ihrem Zimmer verbringen.“ „Mutter!“, entgegnete Paul mit gespielter Entrüstung. „Ich will nicht zu dieser Psychotante. Nicht schon wieder, jedes Mal, wenn dir was nicht passt, dann muss ich zu ihr!“

„Paul Thomas, das ist nur zu deinem Besten, das verstehst du doch! Außerdem ist sie mittlerweile so etwas wie ein Mitglied der Familie.“

Frau Dr. Dr. Sprenger war natürlich aus Mutters

handverlesener Schar der „Best-Friends-Forever". Auch hier nutzte Mutter das Netzwerk des kaukasischen Geheimdienstes. Genau genommen hatten Frau Dr. Dr. Sprenger und Mutter sich selbst scherzhaft so bezeichnet, wenn Frau Dr. Dr. Sprenger ausführlich von den Inhalten der Sitzungen mit Paul berichtete. Das machte Frau Dr. Dr. Sprenger aus der Sicht von Mutter zu einer äußerst vertrauenswürdigen Person.

„Mutter, ich muss jetzt wirklich los, auf Wiedersehen, Mutter." Paul hatte es eilig zur Türe hinauszukommen.

„Ich werde dir noch für diese Woche einen Termin mit der lieben Frau Doktor ausmachen, mein Liebeling, Mami hat dich lieb!", rief sie ihm durch das ganze Stiegenhaus nach.

Mutter schaffte es fast jeden Morgen, dass Paul mit hochrotem Kopf das Haus verließ. Wütend hielt Paul in einer Hand den Blumentopf fest und die Aktentasche in der anderen. Seine Hände verkrampften sich so, dass seine Knöchel weiß aus seinen Händen hervortraten. Paul wünschte sich im Geheimen, hierher nie wieder zurückkehren zu müssen. Das Bad würde er mitnehmen, aber alles andere konnte hierbleiben.

Für Paul war Frau Dr. Dr. Sprenger die beste Ausbildung in Strategie, geheimer Taktik, angewandter Lüge und den anderen Disziplinen, die ein Soldat brauchen konnte. Anfänglich war es Paul eigenartig vorgekommen, dass Mutter nach seinen Therapiesitzungen, mit ihm immer genau über die Themen sprechen wollte, die er gerade mit Frau Dr. Dr. Sprenger erörtert hatte. Er hatte schnell den Eindruck, Mutter würde sich in seinem Leben besser auskennen als er selbst. Sobald er aus der Praxis von Frau Dr. Dr. Sprenger entlassen wurde, landete er in Mutters häuslicher Therapie. So hatte Paul es mit der Zeit gelernt, was er sagen musste und wie er reagieren musste, um keinen Verdacht auf sich zu lenken und es geleichzeitig auf eine Art und Weise darzustellen, die ganz und gar unverdächtig war. Das hatte Paul schnell gelernt, schnell lernen müssen und so sammelte Paul nach und nach mehr Erfahrungen, um die Psychologin zu seinen Gunsten auszunutzen und damit den Informationsfluss in Richtung Mutter zu manipulieren. Er eignete sich auch einige psychologische Fachtermini an, mit denen er meinte, Frau Dr. Dr. Sprenger beeindrucken zu können. Er erzählte Frau Dr. Dr. Sprenger in regelmäßigen Abständen, dass seine Gesamtsituation zufriedenstellend sei und dass es keine Frau gäbe, die sich für ihn interessieren würde. Das sei zwar traurig, aber ein Zustand, für den er keine Verantwortung tragen würde, seien es doch die bösen Frauen, – außer natürlich Mutter und Frau Dr. Dr. Sprenger, wie er jedes Mal ausdrücklich betonte –die sich nicht für ihn interessieren würden. Das löste natürlich Mitleidsgefühle bei der Therapeutin für den armen Buben aus. Sie versicherte ihm, es sei völlig normal, wenn man mit vierunddreißig Jahren noch keine feste Freundin habe. Bei manchen würde es eben etwas länger dauern, er solle sich keine Sorgen machen. Paul machte sich keine Sorgen, weil er wusste, dass das absolut nicht normal war. Das hatte er in einem Buch über die Einführung in die Psychologie gelesen, das aus Versehen in seiner Bibliothek gelandet war und nicht in der

Fachbereichsbibliothek für Psychologie.

Paul hatte natürlich bis zum heutigen Tag immer noch keine Freundin. Paul hatte irgendwann, als er in der Pubertät war und mit Frau Dr. Dr. Sprenger über diese Sache mit den Mädchen reden wollte, einen kardinalen Fehler begangen. Den Fehler, sich mit einer Frau anzufreunden, hatte er nicht gemacht, denn Mutter eine Freundin vorzustellen, käme einem Urlaub auf der Guillotine mit Doppelköpfung gleich. Auf Mutters Weisung hin führte Frau Dr. Dr. Sprenger den Umstand, dass Paul keine Freundin hatte, darauf zurück, dass Paul ohne Vaterfigur mit Vorbildwirkung aufgewachsen war. So musste Paul im Beisein von Frau Dr. Dr. Sprenger seine Frauenprobleme auf kleine Zettel schreiben, die dann in einem kleinen rituellen Tischfeuer verbrannt werden mussten. Inzwischen hatte Paul keine Ahnung mehr, wie oder was er überhaupt mit einer Freundin machen sollte. Schließlich hatte Paul sich mit allem arrangiert und war froh, ein Setting gefunden zu haben, das ihm Ruhe verschaffte. Ruhe vor den unangenehmen Fragen der

Psychologin und vor allem Ruhe vor den mütterlichen Therapieversuchen. Damit verknüpft war natürlich das Ding mit dem Sex, der Abseits des narzisstischen Taschentuchsex im Internet, nicht existierte. Diese ganze Sache mit den Frauen und dem Sex, das stand in Pauls Problemlösungskompetenzen nicht sehr weit oben. Genau genommen arbeiteten Mutter und Frau Dr. Dr. Sprenger daran, dass es hier nie zu einer Lösung kommen würde. Paul war also ganz unglaublich zufrieden mit seiner besch***** Gesamtsituation.

Der Platzmeister am Müllentsorgungsplatz murmelte irgendwas von keinem grünen Händchen, und dass man Orchideen nicht so behandeln dürfe, die würden das nicht verzeihen. Paul war froh, die Blume des Anstoßes entsorgt zu haben, und freute sich auf die entspannte Phase seines Tages: die Arbeit. Als Bibliothekar am Institut für Kultur- und Sozialanthropologie hatte er unter dem Jahr, mit Ausnahme von Jänner und Juni, nicht allzu viel zu tun. Im Jänner und im Juni allerdings kamen alle Studenten drauf, dass zum Studieren auch Noten gehörten. Doch viel mehr als Bücher ausborgen und Bücher zurückbringen passierte auch in dieser Zeit nicht. Den Umstand, dass er der einzige Mann im Team der Bibliothek war, nahm Paul als sehr positiv war. Mutter wusste das natürlich nicht. Er wurde von seiner Chefin und den anderen Kollegen geschätzt, auch wenn er praktisch nie Dinge aus seinem Privatleben erzählte. Den Job in der Bibliothek hatte ihm sein Vater verschafft. Es war eines der letzten Dinge, die Pauls Vater für ihn getan hatte. Pauls Vater hatte Anthropologie studiert oder besser, er hatte versucht zu studieren, das Studium aber nie beendet. Mittlerweile waren einige seiner ehemaligen Kommilitonen am Institut beschäftigt. So hatte er seinem Sohn einen Platz im Lehrgang für Bibliothekare verschafft.

Sichtlich erleichtert erreichte Paul die Bibliothek am Institut für Kultur- und Sozialanthropologie. Hier war er in Sicherheit. Hier konnte Paul hervorragend seine Batterien aufladen. Paul hatte heute die Frühschicht und zugleich Schalterdienst. Er war der Erste am Arbeitsplatz und vermutlich die nächsten Stunden noch alleine. Zu den Aufgaben desjenigen, der als Erster in der Früh kam, zählte es, den Gummibaum zu gießen, dem vor allem Pauls Kolleginnen eine besondere Bedeutung in der Bibliothek zuschrieben. Der Gummibaum hatte leider laute gelbe Blätter und sah sonst auch nicht sehr gesund aus. Paul maß dem Gummibaum nicht so viel Bedeutung zu, kam aber seinen Verpflichtungen, ihn zu wässern, nach. Die Kolleginnen hatten den Gummibaum direkt in der Mitte hinter den Ausleih- und Rückgabeschalter platziert. Sie meinten, ein ruhiger und friedlicher Platz wäre das Beste für einen Gummibaum. Paul goss den Gummibaum.

„Du bist auch für alles verantwortlich, was du nicht tust."

Angestrengt musterte Paul den Gummibaum. Konnte er etwa mit Gummibäumen auch reden? Doch da war niemand.

„Hier drüben, Paul!"

Paul sah auf den übergroßen Topf des Gummibaums, da saß Großvater, rauchte seine Pfeife, wackelte mit den

Ohren und sah ganz und gar glücklich aus.

„Wie gibt es das", fragte Paul, „dass ich mir das alles nicht nur einbilde?"

„Nun, mein lieber Enkel, es gibt mehr Dinge, zwischen Himmel und Erde, als sich durch unsere Schulweisheit erträumen lässt. Die Pflanzen, die du siehst, sind immer mit allem verbunden. Sie kennen keine Zeit, sie sind Wegweiser in zwei Richtungen. Sie weisen dir den Weg zu deinen Enkeln und sie zeigen dir gleichzeitig den Weg zu deinen Großvätern. Die Zeit ist wie die Blüten, Kleiner, sie hat alle Farben, alle Formen, sie blüht, verwelkt, ist eine Knospe, hat alle Farben, alle Formen, blüht wieder ... das ist der Kreislauf des Lebens, nicht anders als bei den Menschen. Nimm dir ein Beispiel an den Pflanzen, Paul, sie sind die Landkarte zur Liebe und zu deinen Enkeln, zu meinen Urenkeln."

„Ich werde also an keinem Grashalm mehr vorbeigehen können, ohne dass ich einen Verwandten sehen muss", philosophierte Paul in Gedanken.
Großvater lachte: „Denk immer daran, du bist zu siebzig Prozent eine Banane."

„Verzeihung, sind Sie nur für die Zimmerpflanzen zuständig oder auch für Bücher." Am Schalter stand eine Studentin. Das Wasser in Pauls Kanne war längst leer geworden. Trotzdem stand er mit der Kanne in der Hand da und goss den Gummibaum.

„Nein, bitte, was kann ich für Sie tun?", bemühte sich Paul in einem möglichst bibliothekarischen Ton zu sagen.

„Ich unterbreche Ihr Gespräch nur ungern, es soll ja Menschen geben, die mit Pflanzen reden können, wenn Sie also noch Zeit brauchen ...?", erwiderte die Studentin.

„Erwischt!", gestand Paul. „Ich hoffe Sie verraten mich jetzt nicht."

Erst jetzt fielen Paul die sehr langen Haare und die feingliedrigen Finger auf. Vor allem die zarten Hände ließen Paul vermuten, dass die Studentin im Nebenberuf eine Geigerin oder so etwas sein musste.

„Ihr Geheimnis ist bei mir sicher", schmunzelte die Studentin. „Ich bin in einer Gärtnerei aufgewachsen. Ich suche Material über vorchristliche europäische

Feuerbestattungen. Gibt es im Freihandbestand Bücher darüber?"

Paul zeigte ihr den Platz im Bücherregal. Als er zurück zum Schalter ging, dachte er: „Wenn die wirklich eine Studentin ist, dann ist die niemals noch zwanzig."

Er erledigte die Arbeit, die vom Vortag noch liegengeblieben war, und unterhielt sich zwischendurch mit Großvater im Gummibaum.

„Wie hast du denn deine Frau kennen gelernt?", wollte Paul wissen.

„Ganz einfach", lächelte Großvater geheimnisvoll. „Ich bin durch die Leitha geschwommen. Zuerst ist sie am anderen Ufer gestanden und dort hab ich sie gesehen. Zuerst wollte ich nur nachsehen, wer da drüben steht. Aus Neugierde. Auf einmal wusste ich, da stand meine Frau. Irgendwie wusste ich es. Ich bin ins Wasser gesprungen und losgeschwommen. In diesem Moment wurde die Leitha ein reißender Strom, der drohte mich mitzureißen. Es war am 9. Jänner, musst du wissen, mitten im Winter, und es war kalt. Das war alles egal. Ich wollte nur nach drüben, selbst wenn ich das Meer hätte durchschwimmen müssen oder wenn ich ertrunken wäre. Ich wusste, da muss ich durch. Im Nachhinein betrachtet hätte ich wohl nie drüben ankommen sollen. Niemand wird das je mit Sicherheit wissen. Am 9. Jänner bin ich durch die Leitha zu deiner Großmutter geschwommen. Als sie mich dann da so stehen sah, wie einen Pudel nach der Wäsche, mussten wir beide lachen. Danach sind wir ins Warme gegangen."

Auch der Großvater schwieg eine ganze Weile.

„Für einen Mann ist der Weg zu seiner Frau immer so, als würde man durch einen Fluss schwimmen müssen. Manchmal ist dieser Weg ein Fluss aus Tränen, manchmal brennt dieser Fluss, manch einer muss lernen zu tauchen, andere fliegen einfach drüber und haben trotzdem Angst zu ertrinken, immer aber ist es der Fluss, der alles zeigt, was ein Mann im eigenen Leben durchschwimmen muss, um zu seiner Frau zu kommen. Und selbst wenn er dann da ist, gibt es keine Garantie, dass sie ihn auch will. Alles, was er geschafft hat, ist, auf der richtigen Seite des Flusses zu sein, das erhöht die Chancen ungemein.

Manche Frauen wollen dich dann einfach nicht, da kann man nichts machen. Als Mann kann man da gar nichts machen."

„Und?", fragte Paul nach. „Wie ging's dann weiter?"

Großvater lachte verschmitzt und wackelte mit den Ohren: „Manche Geheimnisse muss jeder Mann für sich selbst rausfinden, sonst macht's keinen Spaß. Bei mir hatte es mit Lyrik und einer Mondscheinsymphonie für Waldhörner zu tun und natürlich, weil ich tanzen konnte, ... mehr wird nicht verraten."

„Danke Ungarnopa."

"Semmiség, nagyon szívesen." (Keine Ursache)

„Ich bin zwar kein Opa und aus Ungarn bin ich auch nicht, eigentlich wollte ich mich bei Ihnen für den Tipp mit den Feuerbestattungen bedanken, aber ..." sagte die langhaarige Studentin, die auf einmal wie aus dem Nichts wieder vor Pauls Pult stand. „Dieses eine würde ich gerne mitnehmen."

„Ich hab etwas wenig geschlafen, letzte Nacht",

sagte Paul. „Kann ja vorkommen, darf ich bitte Ihren Ausweis haben?"

Sie gab Paul ihren Ausweis und er sah ihr Alter am Bildschirm. Sie war in etwa in Pauls Alter.

„Verzeihung, ich sehe, Sie sind eine ordentliche Studentin, aber nicht mehr ganz zwanzig?"

„Ja, genau", lachte die langhaarige Studentin mit den feingliedrigen Fingern. „Ich bin eine ‚Spätstudierende', ich musste vorher im elterlichen Betrieb helfen und jetzt erfülle ich mir diesen Traum von einer akademischen Karriere."

„Da wünsche ich Ihnen viel Erfolg", antwortete Paul. „Sieben Tage dürfen Sie das Buch mitnehmen, können es aber verlängern."

„Vielen Dank! Übrigens, wenn Sie zornig sind, macht das die Blätter wieder grün." Paul wusste nicht, was er davon halten sollte. Sie war schon fast bei der Türe hinaus, als sie, ohne sich umzudrehen, hinzufügte: „Ich bin sicher, der erzählt tolle Geschichten."

Paul lächelte und dachte, wenn du wüsstest!

„Auf Wiedersehen!", fügte er etwas lauter hinzu.

„Auf Wiedersehen."

Unterhaltung in der Bibliothek

Endlich kehrte die Stille der Bibliothek zurück. Heute würde nicht viel passieren. Paul hatte alle Arbeit gewissenhaft erledigt, stellte sich in den Türrahmen und blickte den neondurchfluteten Gang des Instituts nach rechts und dann nach links entlang und dann wieder nach rechts und wieder nach links. Niemand kam vorbei. Nicht einmal eine verirrte Studentin oder jemand von der Putzkolonne. Paul setzte sich zurück an den Schalter. Er stellte den Monitor so, dass die Bildschirmoberfläche nur von hinter dem Schalter zu sehen war. Dann loggte er sich in ein Onlinerollenspielergame ein, bei dem es wieder einmal darum ging, die Welt vor der ewig drohenden Zombieinvasion zu retten. Zuhause hatte Paul einen Kopfhörer mit einem Mikrophon auf, das hatte er natürlich nicht mitgenommen, außerdem wäre es vielleicht doch etwas auffällig. Um mit den anderen Spielern kommunizieren zu können, musste er die Chatfunktion für die Tastatur aktivieren. Paul freute sich auf ein entspannendes Spiel, das, obwohl er es halböffentlich spielte und dabei erwischt werden konnte, um einiges ungestörter zu spielen war, als in seinem Zimmer. Das Team, zu dem Paul gehörte, gewann Runde um Runde, Paul war ein sehr erfahrener Spieler. Sein Chatname war ZET. Es dauerte nicht lange und seine Leistungen im Bereich der Zombievernichtung und Entsorgung wurden von den anderen Mitspielern anerkannt. Normalerweise würde das ungehört in den Tiefen der Polsterung seiner Kopfhörer verschwinden. So aber ging ein Chatfenster auf.

Cybersun: Nicht schlecht, Herr Specht.

ZET: Ohne gute Rückendeckung geht da gar nichts.

Cybersun: Du machst das gut, wirklich – Wie oft spielst du?

ZET: In der Stunde?

Cybersun: LOL – richtige Antwort. Ich spiele wegen einem Typen...

ZET: ??

Cybersun: Irgend so ein Penner, nicht wert, dass man

über ihn schreibt.

ZET: Okay.

Cybersun: Willst du nicht, dass ich über ihn schreibe?

ZET: Okay.

Cybersun: Kannst du was Anderes auch noch schreiben?

ZET: Okay ;) – Es kann sein, dass ich gleich weg muss, ich bin eigentlich arbeiten.

Cybersun: Nop. Ich muss eh auch gleich los.

ZET: Wohin denn?

Cybersun: egal!

ZET: Okay.

Cybersun: Womit wir wieder beim Anfang wären... Kann ich dich was Privates fragen!??

ZET: Frag

„Griaß di!"

Paul fuhr aus seinem Sessel hoch und das Spiel herunter.

"I bin a olter Sünder, oba heit bezohl i endlich amol olle meine Schulden."

Paul nahm die Bücher entgegen und scannte sie und den Ausweis des Studenten ein.

„Halb so wild", sagte Paul, „zwei Euro vierzig, bitte."

Einer der Studenten, Paul vermutete am Dialekt, er käme wohl aus Tirol, hatte die Bücher zulange ausgeborgt gehabt und musste nun Mahngebühren bezahlen.

"Koa Problem, oba i brauchat bittschean a Rechnung. A mords sponnendes Thema: Uhebm im Tirola Unterlond."

"Wie bitte?", Paul war verwirrt.

"Na de Biacha holt, üba de Uheba im Tirola Unterlond. Woasch eh, wenn do a Haus is, mit bease Geischta drin, donn holsch oan, der uhebt und donn sen se dahin, de beasn Geischta."

Eifrig fährt er fort: „Also wenn du selba a sella Haus hosch, donn hilft des echt, da kunti da sogor helfn. A wenn do viele net dru glaam, woasch eh, bei ins sen se jo olle so katholisch - oba des gibts wirklich und des funktioniert a."

„Sehr interessant", versucht Paul sich aus der Affäre zu ziehen. „Geister habe ich keine, nur eine verrückte Mutter. Wenn das da auch hilft?" Zu spät merkte Paul, dass dieser vermeintliche Scherz nach hinten losgegangen war.

„Du, mia sogn jetzat nix Bleds üba insre Miata, ge - des sen olles insre Vurfohn, vu denen kemmen mia her, gegen de temma nix Schlechts sogn."

„So war das jetzt nicht gemeint", murmelte Paul. Er nahm das Geld entgegen und händigte dem Studenten die Rechnung aus.

„Passt scho, nix für unguat, Pfiat di!"

„Auf Wiedersehen", sagte Paul.

Cybersun: Also, Moment, AFK.

ZET: Cybersun? Bist du noch da?

ZET: Darfst du dieses Spiel überhaupt schon spielen? Es ist ab 18 und was willst du von mir?

Cybersun: Logoff.

Paul beschloss, das Zombiespiel zu beenden und die Bücher an ihren Platz zurück zu stellen. Obwohl er nicht dachte, dass in der Zwischenzeit jemand käme, stellte er das Komme-gleich-Schild auf das Schalterpult, gewissenhafte Arbeit musste ja sein. Zumindest sollten das alle anderen glauben.

Paul war eben dabei, die Bücher ins Regal zurück zu räumen, als er von der anderen Seite des Regal zwei bekannte Stimmen vernahm.

„F***", dachte Paul sich. „Das sind der Mückler und der Kremser, beides Professoren am Institut, eh beide supernett, wie haben die sich denn an mir vorbeigeschlichen? Oder war ich so sehr in meinem Spiel, dass ich nichts gemerkt habe? F***, ich muss echt weniger spielen. Sonst dreh ich irgendwann noch ganz durch." Nachdem er sich genug über sich selbst geärgert hatte, bekam er langsam den Inhalt des Gesprächs zwischen Professor Mückler und Professor Kremser mit. Beide sprachen, wie es in einer Bibliothek Angewohnheit ist, mit gedämpften Stimmen.

Professor Kremser sagte: „Siehst du! Gut, dass ich dich hier treffe. Ich wollte dich schon länger etwas fragen."

Professor Mückler sagte: „Bitte, Manfred."

Professor Kremser sagte: „Hast du schon einmal von einem Ritual namens Okupiolissa gehört? Um den Zorn der Geister zu besänftigen. Ich hab eben einen Artikel von Green/Honwana aus dem Neunundneunziger-Jahr gelesen."

In Pauls Kopf machte irgendetwas „Klick", seine Ohren begannen zu wachsen und wurden größer und größer.

Professor Mückler sagte: „Nicht direkt. In welchem Zusammenhang meinst du das?"

Konnte Paul vielleicht mit Hilfe von so einem Hokuspokusritual den Zorn von Mutter besänftigen, ohne dass sie davon erfahren würde, ja, ohne, dass sie irgendetwas davon mitbekommen würde? Denn die Situation mit Mutter wurde für Paul von Jahr zu Jahr unerträglicher, auch wenn er das nie laut sagen würde. Er konnte sich ja auch nicht immer nur einsperren. Wie hieß das noch mal? Er musste unbedingt Professor Kremser fragen und Näheres in Erfahrung bringen.

„Vereinfacht gesagt geht es um die mentale oder, wenn du so willst, spirituelle Reinigung von Kindersoldaten, bevor die in ihr Dorf zurückkehren dürfen. Im Volksglauben von Angola bringen die

Kindersoldaten die Geister der Toten aus dem Krieg mit und müssen diese Bürde dann mit sich tragen. Nicht dass es schon schlimm genug gewesen wäre, dass Kinder überhaupt im Krieg sind – die haben da nichts verloren. In diesem Bericht wird der psychomedizinische Erfolg ausdrücklich betont und als viel wirksamer als westliche Methoden beschrieben. Möglicherweise kann man damit alles und jeden loswerden, von dem man sich mental bzw. spirituell bedrängt fühlt."

Paul fiel fast vornüber durchs Regal. Er hing mit seiner ganzen Aufmerksamkeit an den Lippen von Professor Kremser.

Professor Mückler antwortete: „Und du meinst jetzt, ob mir etwas Ähnliches aus dem südpazifischen Raum bekannt ist? Da muss ich dich leider enttäuschen ... Es gibt natürlich viele unterschiedliche Rituale zu unterschiedlichen Zwecken und auch schwarze Magie ist bekannt, aber ich kenne eher Erzählungen von den hawai´ianischen Inseln, wo einflussreiche Heerführer Nacht für Nacht zusammen mit ihren Soldaten zu den Plätzen zurückkehren, an denen sie gestorben sind. Das wäre also genau umgekehrt. Die gehen dort nicht weg, wo sie gestorben sind. Das soll bitte jetzt nicht heißen, dass es das nicht gibt.

„Aber dir ist nichts bekannt."

Professor Mückler sah auf seine Uhr und merkte, dass er eigentlich schon in einer Vorlesung sein sollte: „Ich werd das noch mal nachschlagen und geb dir dann Bescheid. Du, und es tut mir leid, ich bin schon wahnsinnig spät dran, meine Einführungsvorlesung Mikronesien ist schon seit zehn Minuten. Also bis dann Manfred.

Professor Kremser verabschiedete sich freundlich: „Bis dann, Hermann, und danke." „Keine Ursache."

Professor Mückler verließ eiligen Schrittes die Bibliothek, um zum Seminarraum zu kommen, in dem seine Vorlesung stattfand. Paul fiel ein Buch runter.

„Herr Thompson?"

„Herr Professor Kremser, ja ich, guten Tag. Die Bücher müssen wieder an ihren Platz zurück."

„Guten Tag, Herr Thompson." Professor Kremser begab sich zum Ausgang der Bibliothek.

„Herr Professor Kremser? Verzeihung, ich hätte da noch eine Frage."

„Bitte, immer raus damit."

„Ich habe eben das Gespräch zwischen Ihnen und Professor Mückler, ganz zufällig mitgehört. Um welches Ritual ging es da? Meinen Sie, man könnte so was bei uns auch machen?"

„Okupiolissa", antwortete Professor Kremser nachdenklich, „den Zorn der Geister besänftigen ... Wir haben hier zum Glück keine Kindersoldaten. Aber, ja, naja, das käme vermutlich auf einen empirischen Versuch drauf an. Warum sollte es bei uns nicht funktionieren? Wieso fragen Sie?"

„Nur allgemeines Interesse, Herr Professor Kremser, was würde man denn dafür brauchen?"

„Wenn man den Angaben im Bericht von Green und Honwana folgt, ist es wichtig, einen Platz etwas außerhalb des Dorfes zu finden, an dem man ein Feuer anzünden darf. Einen Feuermann werden Sie brauchen beziehungsweise jemanden, der die Verbindung zu den Geistern herstellt, die sie loswerden wollen, der

Erfahrung hat in der Durchführung von Ritualen, einen Schwitzhüttenleiter vielleicht. Einer, der diese Lakota-Schwitzhüttenzeremonien abhält, die sollten davon zumindest eine Ahnung haben." Professor Kremser lachte. „Na, dann legen Sie mal los, Herr Thompson."

„Nein, nicht für mich. Ich wollte das nur ganz allgemein wissen und danke", antwortete Paul schnell und machte sich auf dem Weg zu seinem Pult.

„Herr Thompson? Sind Sie nicht Thomas Thompsons Sohn? Ich erinnere mich noch, als er hier studiert hat. Das war ein Guter. Immer sehr gute sozialtheoretische Ansätze zur Gruppenführung. Wie geht es ihm denn?"

„Ich, also, wir haben schon länger nichts von ihm gehört", Paul war sichtlich um Fassung bemüht.

„Aber er ist doch schon noch in Neuseeland, oder?", fragte Professor Kremser weiter.

„Das letzte Mal, als wir von ihm gehört haben, hat er im Theater von Kaikoura mit den Maori zusammengearbeitet." Das war zwar gelogen, denn Pauls Vater hatte nur eine Postkarte geschickt, auf dem das

Theater von Kaikoura zu sehen war, doch war es die Ausrede, die noch am ehesten der Wahrheit in dieser Lüge entsprach.

„Sehr schön, Herr Thompson, sehr schön, bestellen Sie ihm bitte die besten Grüße von mir, Herr Thompson."

„Mach ich, Herr Professor, mach ich." Paul war erleichtert. „Auf Wiedersehen, Herr Professor!"

„Auf Wiedersehen, Herr Thompson." Professor Kremser ließ Paul mit seinen Gedanken alleine und verließ die Bibliothek.

In Pauls Kopf konnte man die Gedanken rattern hören. Was, wenn das möglich wäre? Das wäre zu gut! Ich muss jetzt mit irgendjemandem reden, aber mit wem? In diesem Moment ging ein Chatfenster in Pauls Computer auf.

Cybersun: Ich? Alt genug und mein Name ist Sunja – die Kämpferin des Lichts – das muss für den Anfang reichen. Wie heißt du?

Paul hatte zwar das Spiel abgedreht, den Chat musste man aber offenbar noch einmal eigens schließen. Er wollte gerade antworten, als Professor Kremser wieder vor dem Schalter stand. Paul sah Professor Kremser von ganz unten herauf an.

„Nur für den Fall, Herr Thompson, dass Sie doch jemanden kennen sollten, der ein Okupiolissaritual durchführen will, dann hätte ich folgende Bitte: Würden Sie diese Person in meinem Namen anstiften, in die Hütte eine Kamera mitzunehmen, und den- oder diejenige bitten, den Moment des Herauskommens mit zu filmen und das Videomaterial dem Institut zur Verfügung zu stellen? Ich habe mich gefragt, wie dieser Moment sein muss ... und ich selbst bin schon zu alt dafür. Auf Wiedersehen, Herr Thompson, und viel Erfolg, bei allen Ihren Vorhaben." Professor Kremser sprach mit derselben Milde im Lächeln wie Großvater und verließ zum zweiten Mal an diesem Tag die Bibliothek.

Paul war zu perplex, er fühlte sich zu entdeckt, um antworten zu können. Als er wieder halbwegs in der Realität angekommen war, schrieb er in das Chatfenster.

ZET: Paul, ich bin Paul.

Cybersun: Logoff.

Cybersun war an diesem Arbeitstag nicht mehr zu erreichen. Die Kolleginnen der Nachmittagsschicht kamen. Bücher wurden ausgeborgt, wieder zurückgebracht und in Regale geschlichtet. Die üblichen Aufregungen an einem üblichen Tag in der Bibliothek. Am Ende des Arbeitstages war Paul gut entspannt.

Rituelle Terminkollisionen

Als Paul an diesem Nachmittag nach Hause kam, kam ihm alles etwas anders vor. Es sah zwar noch alles gleich aus in der Wohnung, aber irgendetwas war anders. Er konnte sich das nicht erklären, verwarf den Gedanken schnell wieder, hing Mantel und Hut auf und ging ins Wohnzimmer, wo seine Mutter auf der Couch lag und sich Schallplatten anhörte.

„Paul, mein Liebeling! Wie war denn dein Tag in der Arbeit? Schon sehr anstrengend, gell? Ich werde dir sofort etwas zu essen richten, du hast sicher wieder nichts zu Mittag gegessen."

Paul seufzte: „Danke Mutter ... Ich bin so müde, ich werde das Essen gleich mit in mein Zimmer nehmen."

Paul spielte den armen, überarbeiteten Bibliothekar. Er wollte so schnell wie möglich nach oben und nachsehen, ob diese Cybersun wieder online war.

„Mein armer Paul, warum man auch immer arbeiten gehen muss", erwiderte Mutter im fürsorglichsten Ton, zu dem sie fähig war.

Während sie Paul das Abendessen richtete, sagte sie: „Paul, darf ich dich etwas fragen? Ich habe leider erst am Freitag in zwei Wochen, den nächsten Termin bei Frau Dr. Dr. Sprenger bekommen. Sie bedauert es sehr, dass es nicht früher geht. Sie meinte, wir können am Samstag drauf als Entschädigung dann alle zusammen zum See fahren. Da kannst du dann alle brennenden Fragen Frau Dr. Dr. Sprenger bei einem Familienausflug stellen."

„Ja, kein Problem", antwortete Paul.

Dann nahm er sein Essen mit nach oben und startete seinen PC.

Mutter drehte die Platte „Französische Chansons interpretiert mit Akkordeon und Cello" um und hörte sich die zweite Seite an.

ZET: Cybersun?

Keine Antwort.

Paul surfte sich durch unzählige Internetseiten, Blogartikel, Zeitungsberichte und Foren zum Thema Schamanismus, Rituale, Schwitzhütten, Feuermänner und alles, was damit im Zusammenhang stand. Schließlich fasste er sich ein Herz und gab in einem Forum ein entsprechendes Inserat auf:

Hallo! Ich bin auf der Suche nach einem Schwitzhüttenleiter, am besten mit schamanischem Hintergrund. Ich brauche ihn als Feuermann für ein Geisterbefreiungsritual aus Afrika. Bitte Bewerbungsunterlagen mit Preisvorstellungen an dokta.thompson@gmx.at *schicken.*

Paul hatte diesen E-Mailaccount extra für das Ritual eingerichtet. Wenn Vater fertig studiert hätte, wäre er sicher Doktor der Philosophie mit Fachgebiet Kultur- und Sozialanthropologie geworden. Doktor Thompson wäre er dann. Das hörte sich irgendwie cool an. Dieser Gedanken machte Paul ein wenig stolz auf seinen Vater. Nachdem Vater aber nicht fertig studiert hatte, wollte Paul ihm nun auch keinen falschen Doktortitel andichten und so wurde eben dokta.thompson daraus. Das hörte sich immer noch cool an, machte Paul stolz und niemand musste mit fremden Federn geschmückt werden und zu Vaters allgemeiner Althippieeinstellung dem Leben gegenüber passte es auch hervorragend.

Über den Platz außerhalb des Dorfes machte sich Paul keine Gedanken. Da würde sicher dieser Feuermann etwas wissen.

Ja, Feuermänner wissen so etwas. Und dann habe ich alles, dachte Paul. Oder doch nicht? Paul merkte, dass er zwar bereit war, den Zorn der Geister zu besänftigen oder zumindest den Zorn seiner großen, bösen Geistin, aber dass er überhaupt keine Ahnung hatte, worum es bei diesem Ritual nun wirklich ging und wie man so etwas anstellen würde. So rein praktisch betrachtet, überlegte er noch einiges. Braucht man da Opferschalen? Oder Räucherstäbchen? Musste man vielleicht ein Hühnchen schlachten und opfern? Paul wurde etwas mulmig zumute. Wie war der Name von diesem Ritual nochmal? Okuliopissa oder Okupiolissa? Oder wer waren die Autoren des Artikels? Ja, genau, Green und Honwana. In Pauls Kopf fanden Fasching und Silvesterfeuerwerk zur selben Zeit statt. Aufmerksam las er den Artikel durch, während er nebenbei eine Checkliste mitschrieb. Dabei stieß er auf ein kleines, aber wichtiges Detail. Ein Familienmitglied war notwendig, um den, der sich in die Hütte legte, auch wieder rauszuziehen. Paul dachte über seine Verwandtschaft nach. Zur Verwandtschaft väterlicherseits hatte er kaum bis gar keinen Kontakt. Dafür hatte im Lauf der Zeit Mutter schon gesorgt. Die Verwandtschaft mütterlicherseits käme ohnehin nicht in Frage, dann würde Mutter von dem ganzen Projekt erfahren und das würde den sofortigen Abbruch bedeuten. Also wer? Konnte man vielleicht jemanden adoptieren? So als Wahlbruder? Lizzy! Mann, Lizzy, meine Schwester! Vorsichtshalber schloss Paul die Türe zu seinem Zimmer ab. Dann suchte er nach Lizzys Nummer in seinem Telefon.

Pauls Schwester war schon früh ausgezogen, sie war im Jahr der Scheidung der Eltern sechzehn Jahre alt, seit ihrem siebzehnten Geburtstag schlug sie sich alleine durchs Leben. Sie meldete sich zwar sporadisch ein- vielleicht zweimal im Jahr, doch die Treffen zwischen ihr und Mutter waren meist eine Tragödie, die entweder damit endete, dass die Schwester von Mutter rausgeworfen wurde oder Lizzy die Türe zuknallte und verschwand. Meistens passierte das, wie in den meisten christlichen Familien, so um die Weihnachts- oder Osterzeit. Paul verstand sich mit seiner Schwester und dann auch wieder nicht. Er hatte nie eine geschwisterliche Verbindung zu ihr gefunden.

Jeder hatte in Mamis Dearest-Theater eine Rolle zu erfüllen. Pauls Schwester war die, die immer für alles schuldig gemacht wurde. Irgendwann hatte sie dann genug davon, der Sündenbock zu sein und sie zog weiter. Paul beneidete manchmal insgeheim seine Schwester dafür, dass sie gegangen war. Sie hatte zwar den geschwisterlichen Eifersuchtskampf um die Zuneigung der Mutter verloren, aber Paul hatte eine Mutter im doppelten Sinn gewonnen. Die Kinderbeihilfe der Tochter hatte Mutter bis zu ihrem achtzehnten Lebensjahr kassiert, ohne Lizzy je etwas davon zu geben. Lizzy war das egal. Paul bezeichnete das Verhältnis zu seiner Schwester als existentes Nichtverhältnis zu einer verwandten Zivilperson, auf das im Notfall möglicherweise zurückgegriffen werden konnte. Gefühl hatte er keines, seine Schwester betreffend.

„Der Loser aus der Festung der Einsamkeit", eröffnete Lizzy das Telefonat, noch bevor Paul „Hallo" sagen konnte.

„Ich brauche deine Hilfe", sagte Paul.

„Klar", sagte Lizzy „und einen Papa, der auf dich aufpasst, und eine Mama, die dich lieb hat."

„Lizzy, ich brauch wirklich deine Hilfe und du bist der

einzige Mensch auf der Welt, der mir helfen kann."

„Gut", antwortete Lizzy, „dann ist es schon teurer, egal was du willst, es kostet das Doppelte! Also, was brauchst du?"

„Vereinfacht gesagt, brauch ich jemanden, der mich aus einer brennenden Hütte zieht."

„Wie bitte? Hast du noch etwas von diesen Drogen?"

„Nein, Lizzy! Ich brauch jemanden, der mich bei einem Ritual aus einer brennenden Hütte zieht."

„Äh, ich will ja niemandem sagen, was er tun soll, aber wäre da nicht ein Feuerwehrmann schlauer? Die kommen auch im Team ... nur mal so als Hinweis!"

„Lizzy, du verstehst das nicht, das ist ein Ritual, das heißt Okupiolissa, und man braucht ein Familienmitglied, das einen da wieder rauszieht", führte Paul weiter aus.

„Warte mal, mein gestörtes Bruderherz. Du willst dich in eine Hütte legen, dann zündet einer die Hütte an und ich zieh dich raus? Und das willst du in echt machen, nicht in einem Computerspiel? Das ist selbst für dich schräg! Aber mich kannst du vergessen, ich bin bei so einem Scheiß nicht dabei."

„Warte mal", versuchte Paul sie zu beruhigen, „ich erkläre dir das mal ganz von vorne."

„Na dann los, du Loser, ich hab nicht den ganzen Tag Zeit. Und meine Antwort kennst du bereits."

„Okay", fuhr Paul fort, „der Name ist Okupiolissa und es ist ein Ritual, das aus Afrika kommt, aus Angola. Dort wird es eingesetzt, um die Kinder, die aus dem Krieg zurückkommen, diese Kindersoldaten, von den bösen Geistern zu reinigen. Die glauben nämlich, dass sich die Geister derjenigen, die sie umgebracht haben, dann auf die Seele der Kinder setzen und diese nie wieder in Ruhe lassen werden. Und die Hütte ist auch eher so eine Schwitzhütte." „Kann es sein, dass dein böser Geist eine böse Geistin ist, mit Vornamen Sophie heißt und mit uns beiden verwandt ist?"

„Bitte, Lizzy, du darfst mich nicht verraten! Du hast keine Ahnung, wie es hier geworden ist, es wird immer schlimmer", flehte Paul seine Schwester an.

„Oh doch! Und wie ich das weiß! Deswegen bin ich nicht mehr da. Und hey, du Spinner, ich schau mir das mal an."

„Was, wirklich?"

„Ja, kein Problem. Nicht wegen dir. Mit dieser Geistin hab ich selber noch eine Rechnung offen. Sag mir, wann ich wo sein soll."

„Danke, Lizzy", seufzte Paul erleichtert ins Telefon, „das werd ich dir nie vergessen."

„Ich hab noch nicht gesagt, dass ich's mache, klar soweit? Ciao, Loser"

„Warte", sagte Paul schnell, „ich wollte dich noch was fragen. Kannst du dich noch an den Ungarnopa erinnern?"

„Nö, nicht wirklich", antwortete Lizzy nachdenklich. „Nur, dass er uns immer das Wasser im Planschbecken abgedreht hat und dann hat's immer Stress mit Mutter gegeben und diese Geschichte, wie er aus Russland zurückgekommen ist. Sonst noch was?"

„Nein, Lizzy, und danke noch mal, ich melde mich."

Lizzy hatte ohne ein weiteres Wort des Grußes aufgelegt und Paul war einen wichtigen Schritt weitergekommen. Während er noch über seine Schwester nachdachte, öffnete sich das Chatfenster aus dem Zombiechat, auf das er schon gewartet hatte.

Cybersun: Du bist also Paul.

ZET: Hallo Sunja.

Cybersun: Hallo, hast du jetzt Zeit oder musst du gleich wieder los? Das nervt nämlich.

ZET: Nein, ich bin da.

Cybersun: Glaubst du, man kann sich über das Internet verlieben? Ich meine, wenn man sich vorher nicht kennt. So für immer und ewig?

Paul wurde der Mund trocken und sein Pulsschlag wurde immer schneller.

Cybersun: Ich meine, jemanden, den du noch nie gesehen hast ... die Fotos können ja auch alle falsch sein ...

ZET: Ja, schon, ich meine ...

Cybersun: Auch, wenn man sich noch nie vorher gesehen hat? Was weiß man dann schon vom Anderen? Also ich bin sicher, das ist so – bäm und man weiß es einfach.

Paul hatte sich wieder einigermaßen gefangen.

ZET: Das ist schon etwas überraschend jetzt.

Cybersun: Ja gell, aber es ist so ... man liest immer von diesen Spinnern im Internet

ZET:..davon gibt es genug, du kannst dir sicher sein, ich bin normal ...

Cybersun: und dann?

ZET: Dann folgt vermutlich ein Treffen?

Cybersun: Völlig richtig, und in dem Moment wusste ich – er ist es!

ZET: Wie meinst du?

Cybersun: Na der Typ, von dem ich die ganze Zeit schreibe. Zuerst im Internet im Chat, dann haben wir uns getroffen – das war so magisch ... ich bin irgendwie geschwebt, dann sind wir zu mir und ich hab ihn nie wieder gesehen ...

ZET: Ach so, ja, Männer sind schlecht.

Cybersun: Nein wieso, im Bett kriegt man sie eh alle rum – so als Frau. Die machen eh immer, was Frau will, das muss Frau ausnutzen – Sonst haben wir keine Chance.

ZET: Ja keine Ahnung, ich treff nicht so viele Frauen.

Cybersun: Das hab ich mir schon gedacht.

ZET: Warum?

Cybersun: Du schreibst viel zu freundlich.

ZET: Danke!

Cybersun: Nein echt, aber glaubst du, so was geht, dass man sich für immer verliebt? Nur durchs Schreiben?

ZET: Sicher, warum nicht.

Cybersun: Ich bin sicher, es hat einen Grund, warum er nicht anruft. Das weiß ich - der kommt zurück. Garantiert. Eine Frau spürt so was.

ZET: Na, ich wünsch es dir. Kann ich dich auch was Privates fragen?

Cybersun: Klar!

ZET: Glaubst du an Rituale – glaubst du, Rituale können etwas ändern im Leben?

Cybersun: Hahaha, ich wusste es, du bist ein Voodoopriester, der irgendwo im Keller noch Leichen vergraben hat oder Zombies züchtet. Lol.

ZET: Nein, ich mein das ernst. Glaubst du, so was funktioniert?

Cybersun: Keine Ahnung. Ich bin nicht religiös - Sicher, warum soll es nicht funktionieren?

ZET: Keine Ahnung.

Cybersun: Frag jemanden, der sich auskennt ...

ZET: Hab ich schon.

Cybersun: Und?

ZET: Er hat gesagt ich soll's ausprobieren und mitfilmen.

„Paul?"

Mutter trommelte an die Zimmertüre. Paul schloss instinktiv alle Fenster, die mit Ritualen oder Schamanen zu tun hatten.

„Moment!", rief Paul.

„Paul, du weißt, dass Mami es nicht mag, wenn die Türen im Haus verschlossen sind.

„Ja, Mutter, ich weiß."

„Ich will wissen, was mit dir los ist, Paul, da müssen wir drüber reden! Am besten jetzt gleich."

„Ich sperr die Türe auf Mutter, aber bitte, ich bin mitten in einem so schönen Spiel."

Paul hatte blitzartig ein Zombieinvasionsspiel gestartet. Dann öffnete er die Türe. Mutter warf einen prüfenden Blick durchs Zimmer, das offene Chatfenster von Cybersun bemerkte sie nicht. Sie kannte sich mit technischen Dingen ohnehin nicht so gut aus. Mutter bemerkte nichts Ungewöhnliches

„Ja, wenn du ein so schönes Spiel spielst, Paul, dann reden wir später. Aber wir reden noch darüber. Ich werde das nicht vergessen!"

„Sicher Mutter, wir reden noch."

Cybersun: Na dann los. Ich geh jetzt ans Fenster rauchen – Lauf nicht weg ☺.

ZET: Okay.

Drei Chatstunden später. ZET und Cybersun erörterten noch immer die wichtigen Problemstellungen des Lebens.

Jemand hatte einen Weg gefunden, in Mutters Festung einzudringen, und das Beste daran war, Mutter bekam nichts davon mit. Paul merkte erst durch den Chat mit Cybersun, wie gut es tat, sich mit jemandem zu unterhalten, der nicht aus der Arbeit war und der nicht Mutter war. Pauls soldatische Ordnung war durcheinandergeraten. Es störte Paul nicht im Geringsten. Im Gegenteil. Er konnte es gar nicht erwarten, die Antworten von Cybersun zu lesen. Paul wurde immer neugieriger. Wer ist sie? Und wie sieht sie aus? Wie ist sie denn im wirklichen Leben so?

Cybersun: Hör mal. Ich muss für eine halbe Stunde abhauen.

ZET: Oh Gott, ich muss sterben.

Cybersun: Nein, echt jetzt – es ist schon nach acht und ich muss meinen Kleinen ins Bett bringen.

ZET: Du hast einen Sohn?

Das war dann für den Moment doch etwas zu viel reales Leben, das sich Paul da gerade eröffnete. Da muss doch ein Mann auch wo sein, fragte er sich.

ZET: Wie alt ist er?
Cybersun: Fünf.
ZET: Und wie heißt er?
Cybersun: Das sag ich dir ein anderes Mal.
ZET: Ja, muss es da nicht einen Vater geben?
Cybersun: Ja gibt's – bis gleich ca. eine halbe Stunde okay?
Cybersun: Logoff.

Paul hatte eine Mail erhalten. Eigentlich hatte dokta.thompson eine E-Mail erhalten. Es hatte sich tatsächlich jemand auf Pauls Inserat gemeldet. Nervös las Paul die E-Mail:

Lieber dokta.thompson!

Es ist immer eine gute Sache, wenn jemand den Weg der Großväter gehen will. In meinen Zeremonien wird die Zeit aufgehoben und was immer du für deine Großväter tust, wirst du gleichzeitig für deine Enkel tun. Die Pflanzen werden zu einer Landkarte, die dir die Richtungen öffnen werden. Die Richtung Vergangenheit und die Richtung Zukunft. Ich würde dich gerne bei deinem Vorhaben unterstützen. Leider ist der einzige Termin, den ich dir anbieten kann, das Wochenende in zwei Wochen. Sonst habe ich den ganzen Sommer keine Zeit mehr.

Bis bald

LOT

PS: Es kostet nichts, rituelle Arbeit, die Geld kostet, ist wirkungsloses Theater – so etwas mach ich nicht.

PS 2: Falls du dich gefragt hast, wo wir das machen können, ich habe einen Freund mit einem Platz für eine Schwitzhütte.

PS 3: Eine afrikanische Schwitzhütte wird sich nicht so sehr von einer Lakota–Schwitzhütte unterscheiden. Ich bin morgen in der Stadt. Da können wir uns treffen und die Einzelheiten besprechen.

Pauls Gefühle waren gemischt. Einerseits hatte dieser LOT

fast wortwörtlich das wiedergegeben, was auch schon Großvater gesagt hatte. Gab es da irgend so eine geheime Geistersache, die alles und jeden miteinander verband, die jeder wusste, nur er nicht? Oder war das ein Zufallstreffer? Es war ja genau das, was er gesucht hatte. Andererseits hatte Paul das Ritual so ungenügend beschrieben, dass dieser LOT nun meinte, es würde sich um eine afrikanische Schwitzhütte handeln. Paul beantwortete die E–Mail und schrieb seine Telefonnummer dazu. Auf jeden Fall wollte er diesen LOT morgen treffen. Paul war noch ganz in seine Gedanken vertieft, als sich das Chatfenster des Zombiechats wieder öffnete.

Cybersun: So da bin ich wieder – Alles schläft hier friedlich.

ZET: Wie kommst du denn auf Cybersun?

Cybersun: Den Namen? Wie kommst du auf ZET?

ZET: Ich hab zuerst gefragt!

Cybersun: Nein, sag du zuerst.

ZET: ZET ist für Zombiekill Eternity.

Cybersun: Hahaha, cool. Cyberbunny gab's schon – das war das nächste, das mir einfiel.

ZET: Auch gut.

Cybersun: Erzählst du mir von deinem Ritual?

ZET: Ja klar, also es ist aus Südwestafrika.

Paul beschrieb Cybersun alles, was er über das Ritual wusste. Cybersun gefiel die Idee mit dem Ritual, sie mochte Paul. So irgendwie eben, durch den Computerbildschirm und die Tastatur. Alles, was sie sonst für Paul empfand, waren höchstens geschwisterliche Gefühle. Andere Gefühle wären bei Paul ohnehin nicht angekommen. Mit so was kannte sich Paul einfach nicht aus. Paul mochte es, dass sich ein anderer, echter Mensch für ihn interessierte. Cybersun war sich sicher: Das letzte Date und der Mann, den sie vorher nur aus dem Internet kannte, würde sich schon noch bei ihr melden. In diesen Mann hatte sie sich blitzartig, nach nur einem magischen Nachmittag, wie sie es nannte, verliebt. Nun musste sie warten. Vier Chatstunden später.

Cybersun: Und wo sind die Frauen bei deinem Ritual?

ZET: Die brauchen wir nicht.

Cybersun: Blödsinn, Frauen braucht es immer.

ZET: Ich hab aber nichts drüber gelesen.

Cybersun: Gibst du mir deine Adresse?

ZET: Warum?

Cybersun: Ich mag dein Ritual!

ZET: Danke.

Cybersun: Also?

ZET: Was?

Cybersun: Deine Adressssse!!!

ZET: Warum?

Cybersun: Ich will dir etwas schicken – ich will das Gefühl haben, dabei zu sein.

ZET: Ich weiß nicht, ob das erlaubt ist oder so ...

Cybersun: Das kannst du ja nachher entscheiden.

ZET: Schick's an die Fachbereichsbibliothek für Kultur- und Sozialanthropologie, da arbeite ich.

Cybersun: Hast du Angst, ich komm dich besuchen?

ZET: Nein, im Gegenteil, das ist kompliziert ...

Cybersun: Aha! Du bist verheiratet!

ZET: Nein, egal vergiss es.

„Paul?"

Mutters schrille Stimme zerstörte augenblicklich das virtuelle Gespräch. Paul war wieder zurückgekehrt in Mutters Festung.

„Pauli, Mamis-Dearest, kannst du Mami die Schallplatte umdrehen?"

Irgendwie muss ich es ihr ja sagen, dachte Paul.

„Ich komme."

Cybersun: Lol. Du zerstückelst sicher Leute aus dem Chat im Keller.

ZET: Logoff.

„Sehr schön, Französische Chansons interpretiert mit Akkordeon und Cello", Paul drehte die Schallplatte um und startete den Plattenspieler neu. Ob da nicht einmal einer ein automatisches Plattenumdrehsystem erfinden konnte? Mutter hatte diese eine Platte wohl den ganzen Abend gehört.

„Mutter, wir wollten doch noch über eine Sache sprechen", fuhr Paul fort.

„Aber sicher, Paul, du weißt, Mami hat immer ein offenes Ohr für ihren Paul." Mutter war ganz gerührt, es kam nicht oft vor, dass Paul selbst die Initiative zu einem Psychogespräch ergriff. „Was kann Mami für dich tun? Setz dich zu mir aufs Sofa." „Nein Mutter, ich stehe lieber. Es geht um den Termin bei Frau Dr. Dr. Sprenger. Ich habe völlig vergessen, dass ich da eine Fortbildung in der Bibliothek habe. Tut mir leid, aber den Termin müssen wir verschieben."

„Höre ich richtig? Musst du da überhaupt hin? Kann sich da nicht ein anderer fortbilden? Bist du nicht schon gescheit genug? Frau Dr. Dr. Sprenger wird nicht sehr zufrieden sein mit dir! Du weißt, was das bedeutet Paul? Du wirst drogensüchtig werden und in der Gosse enden. Das kann ich mir nicht mit ansehen, weißt du, Paul? Das wird mich umbringen. Ich werde keinen anderen Ausweg mehr wissen, ich werde dann zum Äußersten gezwungen sein. Ohne meinen Paul kann ich nicht mehr weiterleben. Ich frage dich, Paul: Kannst du das verantworten? Kannst du das?" Mutter schnappte nach Luft, so sehr war sie außer sich geraten. „Ich will, dass du zu Frau Dr. Dr. Sprenger gehst! Egal, wie du das hinkriegst. Das kannst du mir einfach nicht antun, nach allem, was ich für dich getan habe."

„Aber ich will nicht zu Frau Sprenger", antwortete Paul eigenartig ruhig. „Und ich werde auch in zwei Wochen nicht zu ihr gehen, ich habe eine Fortbildung", fügte er genauso ruhig hinzu."

Kaum hatte Paul das gesagt, nahm er ein neues Gefühl in sich wahr. Ein Gefühl des Glücks. Hell Yeah!, dachte Paul.

„Paul?"

„Und nein Mutter, ich will nicht darüber sprechen. Heute nicht mehr. Ich gehe jetzt schlafen und wünsche dir eine gute Nacht."

Eine etwas verdutze Mutter blieb auf dem Wohnzimmersofa zurück. In ihr keimte der Verdacht, dass etwas anders sein könnte. Sie hatte so ein eigenartiges Gefühl, das sie schon sehr lange nicht mehr gefühlt hatte. Sie hatte das Gefühl, die Kontrolle über eine Situation zu verlieren.

Paul hatte gelogen, was das Zubettgehen betraf. Paul war noch wach und schrieb. Paul schrieb mit Cybersun. Endlos lange. Das Chatten mit Cybersun fühlte sich für Paul so an, wie ein Gespräch durch eine geschlossene Badezimmertüre mit einem Touch von unbefriedigtem Taschentuchsex. Was Paul nicht mitbekam, war, dass Mutter sich vor dem Zubettgehen, noch einmal, in Pauls Zimmer schlich. Mutter hatte aus Pauls Zimmer Geräusche gehört, die den eindeutigen Schluss zuließen, dass Paul noch wach war. Mutter spürte, dass sie nicht willkommen war, und zog sich zurück. Hier gab es auf einmal eine Konkurrenz zu ihr. Mutter wusste nicht, wer oder was, aber das Gefühl war eindeutig. Ihr Misstrauen gegen ihren Sohn hatte sich bestätigt. Morgen würde sie sich etwas einfallen lassen, um sich dieser Konkurrenz zu entledigen.

Irgendwann hatte Cybersun den Chat beendet, weil sie am nächsten Morgen ihren Sohn in den Kindergarten bringen müsse und da irgendwie vorher noch ein paar Stunden Schlaf brauche. Paul kippte fast direkt vom Schreibtischsessel ins Bett und schlief sofort ein.

Großvater hatte es sich wieder in der Hibiskusblüte des Bildschirmschoners gemütlich gemacht. Auf der Schrift des Bildschirmschoners war zu lesen: „Für jede Minute, die du dich ärgerst, verlierst du sechzig Sekunden der Freude." Ein Zimmer weiter lag Mutter wach, die vor lauter Verwunderung und Wut nicht einschlafen konnte.

Vorbereitung ist alles

Paul wurde durch den schrillen Klang der Türglocke geweckt. Ein kurzer Blick auf die Uhr zeigte, dass er verschlafen hatte. Zum ersten Mal im Leben hatte Paul verschlafen. Wie bei jedem, der schon einmal verschlafen hatte, schoss Adrenalin kreuz und quer durch Pauls Körper. Zuerst anziehen oder zuerst duschen? Was wäre effektiver? Erst einmal aus dem Bett raus. Guter Gedanke. Wer zur Hölle würde denn so früh kommen? Hatte ein Briefträger ein Paket abzugeben? Na wenigstens hat mich der Briefträger aufgeweckt. Paul stürmte nach einem Kurzbesuch im Badezimmer die Treppe nach unten. Auf der letzten Stufe hielt er jäh inne. In der Eingangstüre wurde Frau Dr. Dr. Sprenger gerade überschwänglich von Pauls Mutter begrüßt.

„Guten Morgen, Paul! Deine Mutter hat mich zum Frühstück eingeladen. Sie sagte, du hast ein Problem, dass du ganz dringend mit mir besprechen möchtest? Ein echter Notfall?"

In Pauls Kopf explodierten die Gedanken und selbst ein erfahrener Rugbyspieler wäre hier nicht zur Türe durchgekommen. Paul brachte aber nur ein „Guten Morgen, Frau Dr. Dr. Sprenger" heraus.

„Notfall, naja, Notfall", fiel ihm Mutter ins Wort. „Es ist Pauls Problem, dass er eben immer so gegen seine liebe Mutter aufmüpfig ist, weil er nie einen Vater gehabt hat, der sich um ihn gekümmert hat, sondern nur eine arme und schwache Mutter, die immer unter dem Verlust ihres Mannes zu leiden gehabt hat."

„Alte Wunden heilen langsam, liebe Sophie", sagte Frau Dr. Dr. Sprenger in einem viel zu teilnehmenden Tonfall. „Darüber habe ich schon einmal eine Arbeit geschrieben."

Paul hatte so eine Idee, wo dieses Gespräch hinführen würde, und musste dieses Theater, Mutters Theater, mitspielen. Das war der einzige Weg, noch irgendwie rechtzeitig in die Bibliothek zu kommen, wo Cybersun sicher schon auf ihn wartete. „Meine Damen", eröffnete Paul theatralisch, „es ist mir eine überaus große Freude, mit zwei so reizenden Wesen das Frühstück einzunehmen. Wenn Sie mir bitte in den Salon folgen wollen?" Dabei machte er eine einladende Verbeugung.

„Ach, ist er nicht ein lieber Junge, liebe Marie-Therese?"

„Ganz allerliebst", kicherten Mutter und Frau Dr. Dr. Sprenger um die Wette.

Paul sah immer wieder verstohlen zu der großen Wanduhr, deren Zeiger sich einfach viel zu schnell vorwärtsbewegten. Paul inhalierte seine Cornflakes.

„Iss nicht so schnell, Paul!"

„Mutter, ich komm schon zu spät in die ..."

„Wie kann man nur zu unserem Gast so unhöflich sein?", schnitt ihm Mutter das Wort ab.

„Lass nur, liebe Sophie! Paul, wir haben das schon in vielen Sitzungen erörtert, du suchst in deiner passiven Aggressionshaltung gegenüber deiner Mutter eindeutig nach der Schuldigen, die deinen Vater – im übertragenen Sinn – ermordet hat. Erinnerst du dich an unsere Gespräche darüber, Paul?"

Paul nickte mit vollem Mund.

„Deine Mutter hat aber deinen Vater nicht verlassen, das war er und egal, wie sehr du deiner Mutter unterbewusst die Schuld dafür gibst, er wird dadurch nicht zurückkommen. Erinnerst du dich, was du tun sollst, wenn dieses Gefühl wieder in dir hochkommt?"

Paul schluckte schwer: „Langsam bis zehn zählen und mich an all das Gute erinnern, das Mutter für mich getan hat? Dass sie mir noch immer ein Heim gibt und mich umsorgt, wie nur eine Mutter das machen kann, und ich ein sehr undankbares Kind bin, wenn ich nicht wertschätze, was Mutter tagtäglich für mich tut?", fragte Paul unsicher.

„Sehr gut, Paul. Siehst du, Sophie, man muss die Kinder nur manchmal ein bisschen an sich selbst erinnern, damit sie dann auch wissen, was eine Mutter alles für sie tut. Übrigens, dein Besteck sieht großartig aus, ich wünschte meines wäre nur halb so schön poliert." Frau Dr. Dr. Sprenger war ganz angetan von Mutters Geschirr.

Paul blickte sorgenvoll auf die Wanduhr: „Werte Damen, darf ich mich zur Arbeit zurückziehen?"

Mutter sah zu Frau Dr. Dr. Sprenger und die nickte kurz.

Dieses Nicken war Pauls Startschuss, er war so schnell bei der Türe draußen, dass er Mutters Antwort auf Frau Dr. Dr. Sprengers Frage: „Wir haben uns ja so lange nicht mehr gesehen, was ...?", nicht mehr hörte.

Der Tag in der Bibliothek verlief ereignislos. Paul versuchte mehrmals Cybersun anzuschreiben. Sie meldete sich erst am frühen Nachmittag und war sehr kurz angebunden.

Cybersun: Ich hab heute jede Menge Kram zu erledigen. Jugendamt und so. CU.

Leider meldete sich LOT, der Schwitzhüttenmann, auch nicht. Paul hoffte inständig auf die Unterstützung der Geister, obwohl er nicht so genau wusste, worauf er da hoffen sollte. Bis zum Ende des Arbeitstages passierte nichts mehr, was mit LOT in Verbindung stand. Kein Anruf, kein Mail, keine SMS, gar nichts. War Paul noch am Vormittag damit beschäftigt gewesen, sich den Schwitzhüttenleiter mit Schamanenhintergrund in den buntesten Farben vorzustellen, so war die anfängliche Aufregung über ein solches Treffen der Langeweile des beruflichen Alltags gewichen. Schließlich war sich Paul sicher, da hätte sich nur irgendein Spinner gemeldet, der ein bisschen Aufmerksamkeit brauchen würde. Wie konnte er auch nur so naiv sein, jemandem aus dem Internet zu trauen. Paul sah im Geiste schon alle möglichen Verbrechen, die mit seiner Telefonnummer ausgeführt werden würden. Großvater kam sein Pfeifchen rauchend so gegen Mittag vorbei und erzählte irgendetwas davon, dass man, bevor man etwas Neues beginnt, das Alte loslassen muss. Paul wollte nicht darüber nachdenken. Er wollte endlich LOT treffen. Irgendwann war der Arbeitstag zu Ende. Paul stieg in den Pater Noster des Instituts und fuhr nach unten. Gerade als er aussteigen wollte, kündigte sein Telefon durch Piepsen eine neue Nachricht an. Paul kannte die Nummer nicht.

SMS:

Hallo dokta.thompson. Ich bin im Votivcafe. Freu mich.

LOT

Jetzt war Paul aufgeregt. So aufgeregt, dass er mit dem Paternoster unter das Ausstiegsniveau fuhr. Pauls Aufmerksamkeit war bei seinem Telefon. Er sah die Schilder nicht, die direkt vor ihm hingen, auf denen zu lesen war: „Bewahren Sie Ruhe! Nicht aussteigen."

Der Paternoster fuhr seitlich. „Bitte bewahren Sie Ruhe und steigen Sie erst aus, wenn der Aufzug wieder nach oben fährt. Es kann Ihnen nichts passieren." Als der Paternoster wieder aufwärtsfuhr, stieg Paul, so als wäre nichts gewesen, im Erdgeschoß aus. Inzwischen hatte er die fremde Nummer gespeichert und die SMS beantwortet.

SMS an LOT:

Bin unterwegs!

Als Paul das Café Votiv betrat, erkannte er LOT durch die mit Tabakschwaden geschwängerte Luft nicht sofort. Er ging von Tisch zu Tisch, niemand sah hier so aus, wie er sich einen Schwitzhüttenleiter oder gar

Schamanen vorstellte. Hinten in der Ecke spielten zwei alte Männer wortlos miteinander Schach. Zwischen ihm und den Schachspielern kämpfte sich eine Oma mit einer Kardinalschnitte ab. Der Kellner stand hinter der Bar und polierte Gläser. Sonst saßen nur zwei einsame Männer an unterschiedlichen Tischen. Paul ordnete sie, ihres unauffälligen Outfits wegen, Büroangestellten zu. Paul hatte sich einen Kopfschmuck erwartet, ein Amulett aus Steinen oder zumindest einen, in welcher Form auch immer gearteten, Zauberstab. Er konnte aber nichts dergleichen entdecken. Na gut, eben doch verarscht, wahrscheinlich ist das Ganze dann morgen auf Youtube zu sehen, als versteckte Kamera, dachte Paul und überließ seine Gedanken der Resignation. Wenigstens Mutter würde keinen Aufstand machen, wenn er wieder rechtzeitig zu Hause sein würde. Auf einmal stand einer der Büroangestellten auf und ging auf Paul zu.

„Dokta Thompson?"

„Ja? Ich meine, ich bin Paul. Bist du LOT?"

„In all seiner Schönheit", antwortete LOT und

breitete mit einem freundlichen Grinsen seine Arme aus.

„Also, Paul, wer nichts loslassen kann, zu dem kommt auch nichts Neues", sagte LOT und kam so ohne Umschweife zum Thema.

Woher wissen die das immer? Irgendwann würde sich Paul mit dieser ganzen Schamanensache noch näher auseinandersetzen müssen.

„Ich glaub, mein Inserat war nicht so ganz genau geschrieben", sagte Paul.

„Na, zuerst, dass es gar keine Schwitzhütte ist, sondern ein Ritual mit dem Namen Okupiolissa."

„Okay, jetzt wird's interessant", spätestens jetzt fand LOT das richtig spannend. Nachdem Paul seine Ausführungen beendet hatte, pfiff LOT durch die Zähne: „Damit ich das richtig verstehe, wir bauen so eine Grashütte, du schläfst da drinnen, ich zünd die Hütte im Morgengrauen an, deine Schwester zieht dich wieder raus und …"

„Moment, SMS."

SMS von Mutter:

Mami hat dich lieb! Vergiss das nicht.

„Nochmal, ich zünd die Hütte im Morgengrauen an, deine Schwester zieht dich wieder raus, dann sind alle bösen Geister in deinem Leben Vergangenheit."

„Etwas Wichtiges?", wollte LOT wissen.

Paul fühlte sich verstanden. „Nein, nur meine Mutter. Ja so steht`s in dem Bericht und so stell ich mir das vor. Kannst du mir dabei helfen und das Ritual, wie sagt man da, na machen eben. Moment, SMS."

SMS von Mutter:

Hat mein Paul Mami auch lieb?!

LOT war beeindruckt: „Du bist ein mutiger Mann, Paul Thompson, wenn du das wirklich durchziehen willst. Ich hab so was noch nie gemacht, ich höre hier zum ersten Mal davon, aber ich bin dabei. Ich weiß nicht, ob ich so eine Chance ein zweites Mal im Leben bekomme. Keine Ahnung, ob ich mich in so eine Hütte legen würde, aber, wenn du das wirklich machen willst, dann wird es mir eine Ehre sein, an deiner Seite zu sein."

Na, das hört sich schon um einiges Schamanischer an, dachte Paul.

„Moment, SMS."

„Sag mal, nervt dich das nicht?", fragte LOT.

„Wem sagst du das", seufzte Paul.

SMS von Mutter:

Paul, mein Schatz – Wo bist du denn?

Dann fiel ihm die dünne Lederschnur auf, die um LOTs Hals hing. Mit kunstvollen Knoten waren daran ein kleiner Lederbeutel, eine Feder und ein dunkelblauer Stein befestigt. LOTs Haare waren hinten zusammengebunden, sodass er von vorne recht ordentlich aussah. Die alte, hellbraune Lederhose sowie den verschnörkelten Wanderstab unter dem Tisch hatte Paul anfangs auch nicht bemerkt. Nur, dass LOT Sonnenbrillen trug, passte nicht ganz ins Bild.

„Moment, SMS."

SMS von Mutter:

Pauli-Dearest, bist du schon auf dem Nachhauseweg?

Mami macht sich langsam Sorgen, mein Liebeling.

Paul war zufrieden, so konnte man sich schon einen Schamanen vorstellen und schließlich würde Paul, ihm, zumindest kurzfristig, die Kontrolle über sein Leben übertragen.

„Das Feuer ist ein mächtiger Verbündeter, es ist gut, dass du diesen Weg zu deinen Großvätern gewählt hast. Gibt es noch etwas, das ich wissen muss?", fuhr LOT fort. „Das weiß ich nicht so genau", antwortete Paul. „Ich hatte gehofft, du könntest mir das sagen … Wo ist denn dieser Platz?"

„In Altlengbach, leicht mit der Westbahn zu erreichen. Okay, also dann werde ich mich jetzt in einer sanften Trance mit den Geistern verbinden und speziell für dich ein Ritual designen."

Mit einem Mal wirkte LOT gar nicht mehr so Vertrauen erweckend auf Paul. Und was würden die anderen

Menschen im Caféhaus dazu sagen?

„Besser, du fängst an mitzuschreiben, Paul Thompson."

Das war das Letzte, was LOT sagte, bevor er die Augen nach oben drehte, und dort, wo vorher die Pupillen waren, war nur mehr das Weiß der Augen zu sehen.

Paul kramte hektisch sein Handy aus der Tasche.

„Darf's noch was sein, die Herren? Oder passt eh alles?", fragte der Kellner teilnahmslos.

Paul riss die Augen weit auf: „Nein danke, Herr Ober, es passt alles."

Der Ober schlurfte mit einem „Wie die Herrschaften wünschen", davon.

„Du wirst beten müssen, Paul, richtig gut beten müssen." LOTs Stimme klang irgendwie entrückt, zum Glück nicht sehr laut.

Paul sah sich um, niemand an den anderen Tischen bekam mit, was da gerade an Pauls Tisch los war, und der Kellner, der ab und zu herübersah, polierte teilnahmslos seine Gläser.

„Moment, SMS."

„Nicht jetzt, Paul! Bitte."

SMS von Mutter:

Paul ich habe Angst! Komm heim! Schnell! Bitte!!!!!!

Lot sprach in Trance:

> *„Du wirst die Geister des Platzes fragen, was sie als Miete haben werden wollen. Geld wird es nicht sein, sie wollen etwas Anderes, sie wollen den Atem des Wassers, sie wollen deinen Atem des Wassers, die Geister haben Angst, du könntest etwas anzünden, da ist Wut in dir, unterdrückte Wut, sehr viel unterdrückte Wut, seit du sechzehn Jahre alt bist, ist diese Wut immer mehr geworden, diese Wut will brennen, Paul, du wirst diese Wut der großen Erdmutter opfern und sie wird es zulassen, dass diese Wut verbrennt. Dann wirst du von der großen Erdmutter gebadet werden. Jedes Neugeborene muss gebadet werden. "*

LOT unterbrach die Trance: „Sag mal, kann es sein, dass du ein massives Problem mit deiner Mutter hast?"

Zum ersten Mal realisierte Paul, dass in der Beziehung zu Mutter etwas nicht ganz in Ordnung sein könnte. Vermutet hatte Paul das immer schon, aber wer denkt denn schon gerne über so was nach, außerdem war Mutter ja immer noch seine Mutter. „Massiv wäre stark untertrieben", sagte Paul trotzig.

Lot sprach in Trance weiter:

> *„Danach wirst du schlafen, gut schlafen. Folge immer den Anweisungen, der Großväter und dein Ritual wird den Erfolg bringen, den du dir wünscht."*

LOT war endgültig wieder aus der Trance zurück. „Na alles mitgeschrieben?", fragte er Paul.

„Aufgenommen", antwortete Paul und gab LOT die Kopfhörer seines Telefons, damit er sich die Aufzeichnung auch anhören konnte.

Paul sah sich im Café Votiv nochmal um. Alle Gäste gingen völlig unauffälligen Beschäftigungen nach. Niemand hatte auch nur das Geringste bemerkt und der Kellner polierte immer noch die Gläser.

„Moment, SMS."

„Jetzt pack den Scheiß endlich weg, Paul Thompson."

Paul stellte sein Telefon auf lautlos und ließ es in seiner Aktentasche verschwinden.

„Du hast keine Ahnung, was die Vision bedeutet, oder?", fragte LOT.

„Nicht die geringste Ahnung", antwortete Paul, „ich dachte dafür bist du da ..."

„Okay, ich werde dir das übersetzen. Aber da ist etwas ungewöhnlich, die Geister wollen, dass du selbst die Zeremonie leitest, das bedeutet das Beten. Du musst in der Geisterwelt selbst den Preis verhandeln, dass sie dir erlauben, den Platz zu nutzen. Das ist ungewöhnlich, weil du da keine Ahnung davon hast ... du musst gute Freunde bei den Geistern haben."

„Mein Großvater? Sie haben mir seinen Vornamen gegeben. Er hieß auch Paul, wie ich!"

„Ja, dann ist das klar ... hast du von ihm geträumt oder ist er dir erschienen? Es könnte sogar sein, dass er in einer Blume auftaucht oder einem Gummibaum oder so."

Paul war verblüfft: „Ja, aber ... woher weißt du das ... Er war in einer Orchidee."

„Na, siehst du", lächelte LOT. „Ich mach das auch nicht den ersten Tag. Noch etwas, da waren sehr viele weibliche Energien drinnen, die durcheinandergeraten sind. Also wird deine Frau oder Freundin in irgendeiner Form mitmachen müssen. Dann wird das schon klappen. Das Wesentliche aber wird sein, dass du selbst die Zeremonie leiten wirst. Ich werde dir alles zeigen, was du wissen musst, und ich bin dein Feuermann, aber die spirituelle Verantwortung ..., das liegt alles bei dir. Alles klar? Paul Thompson?"

„Manchmal brennt dieser Fluss, den man durchschwimmen muss ...", sagte Paul nachdenklich.

In der Tasche brummte das Telefon auf Dauerempfang vor sich hin. Es kostete Paul viel Kraft und Konzentration nicht abzuheben.

„Was meinst du?", fragte LOT nach.

„Nichts, das hat mein Großvater gemeint. Es könnte allerdings sein, dass es da ein kleines Problem gibt", fügte Paul verlegen hinzu.

„Wer schreibt dir denn da dauernd?"

„Egal", sagte Paul und drehte die Benachrichtigungen für SMS ab. Für das Gespräch im Café Votiv würde er Ruhe haben und was dann passieren würde, daran wollte er jetzt nicht denken.

„Das mit dem Beten, kann ich dir zeigen, da gibt's ein paar Regeln, die man einhält. Der Rest ist Improvisation, das schaffst du locker." LOT sah keine weiteren Probleme.

„Es ist etwas Anderes, LOT. Ich habe keine Freundin, geschweige denn eine Frau." „Es wird sich alles lösen, sie wird zu dir kommen. Ich hab sogar das Gefühl, sie ist schon da."

Genau in diesem Moment versuchte Cybersun, Paul im Zombiechat zu erreichen. Paul und LOT besprachen noch ausführlich die Einzelheiten des Rituals und des Ablaufs. Die Sperrstunde kam viel zu früh im Café Votiv. LOT und Paul verabschiedeten sich herzlich. LOT war ihm vom ersten Moment an sympathisch gewesen.

Paul war schon ein paar Schritte gegangen als LOT noch einmal zurückkam: „Auch, wenn ich wirklich an all das aus tiefstem Herzen glaube ... Ich werde zur Sicherheit noch vier Feuerlöscher aufstellen. Manchmal ist so ein Feuerlöscher einfach schneller zur Hand, als eine Regenwolke."

Paul lachte. Nun waren die letzten Zweifel in ihm ausgeräumt, dass LOT nicht der richtige Mann sein könnte. Paul war so guter Dinge, dass er zu Fuß nach Hause ging. Doch so leicht, wie sich seine Füße anfühlten, sah es eher so aus, als würde er nach Hause tanzen. Nächsten Freitag würde er nach Altlengbach fahren, um den Platz und deren Besitzer kennen zu lernen und um den Preis, der mit dem Atem des Wassers angegeben war, auszuhandeln. Zudem sollte er sich eine Art Wanderstab besorgen, mit dem er auf die Erde klopfen konnte, und etwas, das er mit seinem Großvater in Verbindung bringen würde. Das waren alles lösbare Aufgaben. Das Ritual war dabei, Realität zu werden.

Paul sperrte die Wohnungstür auf. Er hörte das eindringliche Knacksen eines Plattenspielers, dessen Nadel immer und immer wieder über die letzte Rille hüpfte. Paul hängte Hut und Mantel in die Garderobe und ging ins Wohnzimmer. Da saß Mutter mit zitternden Knien. Mutters Stimme klang schrecklich hektisch, irgendwie verzerrt, als sie Paul fragte, wo er denn gewesen sei, und sagte, dass sie wegen ihm die ganze Nacht nicht schlafen habe können, weil sie sich solche Sorgen gemacht habe. Ihre Knie zitterten immer schneller. Doch das klang alles nicht wie Mutter, es sah auch nicht nach Mutter aus. Sie erinnerte Paul an jemanden, der einen Vibrationsschleifer verschluckt hatte und sich nun nicht mehr artikulieren konnte. Vor ihr stand eine halbleere Flasche Eierlikör-Wodka und eine Packung mit Tabletten, von denen sie schon einige eingenommen hatte. Ihre Schminke war verlaufen, offensichtlich hatte sie geweint.

Paul hatte einen kalten Schweißausbruch. Irgendetwas musste er tun. Er konnte doch Mutter in diesem Zustand nicht alleine lassen? Paul sah sich die Tabletten auf dem

Tisch genauer an. Ephedrin. Wer weiß, wo sie die schon wieder herbekommen hatte. Paul hatte keine Ahnung, wofür oder wogegen die Tabletten waren

Hektisch holte er sein Mobiltelefon heraus und wählte die Kurzwahltaste Drei: „Hier ist der Praxisanschluss von Frau Dr. Dr. Sprenger. Leider bin ich im Moment nicht persönlich zu erreichen. In dringenden Fällen rufen Sie bitte den Psychosozialen Notdienst unter der Nummer ...“ Paul legte resigniert auf. Frau Dr. Dr. Sprenger war doch immer erreichbar und die Nummer war ihre Privatnummer. Sie hatte wohl vergessen, die Rufumleitung abzuschalten.

In Pauls Kopf waren auf einmal wieder all die Bilder von früher wieder da. Aus einer Zeit, als Mutter einfach regungslos auf dem Bett lag und sich nicht mehr bewegen konnte. Vater war damals auf irgendeiner Geschäftsreise gewesen. Vater war eigentlich immer auf irgendwelchen Geschäftsreisen gewesen. Meistens war sie dann, wenn Vater nicht da war, völlig betrunken gewesen. Paul war es als Kind nicht bewusst gewesen, dass sie damals schon jede Menge Tabletten eingenommen hatte. Er fühlte sich in seiner ganzen Kindheit Mutter gegenüber so unbeschreiblich hilflos. Seine Schwester war sowieso die meiste Zeit vor dem Fernseher. Damals schwor er sich, Mutter niemals alleine zu lassen, egal was passieren würde. Er würde immer auf seine Mutter aufpassen. Wenn sie dann ihren Rausch ausgeschlafen hatte, konnte sie sich an nichts mehr erinnern und wollte auch nicht mehr darüber sprechen, schon gar nicht mit Paul, der in der Nacht zuvor versucht hatte, sie unter Tränen mit seinen kleinen Kinderhänden wachzurütteln. Wenn Vater wieder da war, dann war sie die treusorglichste Ehefrau, die eine Frau nur spielen konnte.

Paul rief beim Notdienst der Wiener Rettung an. Wenige Minuten später läutete der Notarzt unten an der Tür. Er versicherte Paul, dass Mutter keine tödliche Dosis Schlaftabletten eingenommen haben konnte. Im Gegenteil, Ephedrin wäre ein Präparat, um wach zu bleiben. Paul verstand, wie so oft, die Aktion von Mutter nicht. Dann gab der Notarzt Mutter eine Beruhigungsspritze, woraufhin sie augenblicklich zu vibrieren aufhörte. Dann wurde sie ins Bett gelegt, damit sie sich ausschlafen konnte.

Kaum war das Rettungsteam gegangen, fiel Paul in sein Bett. Obwohl Paul schon die Vögel zwitschern hören konnte, quälten ihn Gedanken, die ihn nicht einschlafen ließen. Wäre er doch bloß nicht zu diesem Internetschamanen gegangen. Vielleicht wäre es besser, die ganze Aktion abzubrechen. Er hatte sich jetzt achtzehn Jahre lang mit Mutter arrangiert, da würde es auf ein paar Jahre mehr nicht ankommen. Aber Großvater war auch noch da. Und dieser Gummibaum. Paul warf sich von einer Seite des Bettes auf die andere. Schließlich schlief er erschöpft ein.

Nach einem viel zu kurzen Schlaf wachte Paul auf. Zuerst sah er in Mutters Schlafzimmer. Bis auf ein paar Muskelzuckungen war nichts ungewöhnlich. Sie atmete etwas unruhig, schlief aber tief und fest. Da meldete sich Frau Dr. Dr. Sprenger, sie hätte gestern vergessen die Rufumleitung abzuschalten. Paul erzählte ihr, was passiert war, und bat sie untertags nach Mutter zu sehen. Frau Dr. Dr. Sprenger machte sich auf den Weg zu einem weiteren Notfall im Hause Thompson. Das Frühstück nahm Paul, zum ersten Mal in seinem Leben, in einer kleinen Bäckerei am Weg zur Bibliothek ein.

Als Paul am folgenden Abend nach Hause kam, saßen Mutter und Frau Dr. Dr. Sprenger am Sofa und erwarteten ihn bereits.

„Schön zu sehen, dass es dir wieder gut geht, Mutter!", sagte Paul erleichtert. „Frau Dr. Dr. Sprenger hat sich gut um dich gekümmert. Danke, Frau Dr. Dr. Sprenger, aber ich glaube, wir kommen jetzt wieder allein zurecht."

„Warte Paul, Frau Dr. Dr. Sprenger und ich haben dir etwas zu sagen", erwiderte Mutter streng.

„Sehr gut, Mutter. Ich kann dir nicht sagen, wie viel Angst ich gestern um dich hatte. Ich würde gerne über gestern reden."

„Nun, genau das möchte deine Mutter aber nicht. Sie sagte, sie möchte dir bitte etwas mitteilen dürfen!", antwortete Frau Dr. Dr. Sprenger in einem spitzen Ton anstelle von Mutter. „Das musst du respektieren, wenn eine Erwachsene nicht über ein Thema sprechen möchte. Es wird schon die Zeit kommen, wo sich die Dinge wieder klären werden. Was deine Mutter vor allem braucht, ist Ruhe und keinen undankbaren Sohn. Wir haben beschlossen, dass ich die nächsten zwei Wochen hier wohnen werde."

Paul war so perplex, dass er nicht wusste, wie er darauf reagieren sollte. Das Ritual und alles, was damit zusammenhing, konnte er jetzt vergessen. Chatten ging auch nur mehr unter äußersten Sicherheitsvorkehrungen. Frau Dr. Dr. Sprenger im Haus zu haben kam einer Totalüberwachung gleich.

„Ist das nicht großartig, Paul? Unsere Familie wird immer größer!" Mutter war hoch erfreut.

Frau Dr. Dr. Sprenger fuhr fort: „Dein Vaterproblem ist ja allgemein bekannt, Paul, es wird dir aber nicht für dein ganzes Leben als Ausrede für alles und jeden dienen … Du hast selbst gesehen, was gestern hier los war. Du wirst auch einmal ein wenig das tut müssen, was deine Mutter von dir will, nur ein wenig. Ich appelliere an dein gutes Herz. Hast du mich verstanden, Paul?"

„Ich bin ja nicht schwerhörig", sagte Paul trotzig, „also, was soll ich tun ...?"

Frau. Dr. Dr. Sprenger erklärte Mutter zum medizinischen Notfall, der Dauerbetreuung brauchte. Gleichzeitig informierte sie Paul über einige Verhaltensregeln, damit er Mutter nicht wieder aufregen würde. Paul hatte das Gefühl, er würde sich die nächsten beiden Wochen auf Eierschalen balancierend vorwärtsbewegen müssen.

Da hatte Paul eine Idee. Er hatte nicht nur eine Idee, er hatte die Idee schlechthin. „Frau Dr. Dr. Sprenger, Sie haben ja in allen Punkten so recht und ich werde Mutter bei ihrem Heilungsprozess nach besten Kräften und Gewissen unterstützen, Sie können sich auf mich verlassen."

Frau Dr. Dr. Sprenger lächelte, Paul war ja doch ein guter Junge.

„Aber ist es nicht so", fuhr Paul fort, „dass gerade Betreuungspersonal und Medizinisches Personal aufpassen muss, dass es sich nicht überanstrengt und einen Ausgleich für die Betreuungsarbeit findet?"

„Da könnte schon was Wahres dran sein, darüber habe ich einmal eine Arbeit geschrieben", sagte Frau Dr. Dr. Sprenger. „Wie soll ich das verstehen?"

„Ich würde gerne in meiner Freizeit wandern gehen. Alleine in der Natur, da kann ich meine Batterien am besten aufladen", sagte Paul.

„Da seh ich überhaupt kein Problem", antwortete Frau Dr. Dr. Sprenger.

„Und dazu wollte ich mir einen Wanderstock schnitzen. Das hab ich mir immer schon gewünscht. Ist das okay?"

„Ich denke nicht, dass das ein Problem ist", antwortete Frau Dr. Dr. Sprenger. „Was meinst du, liebe Sophie?"

„Was immer du meinst, du bist die Expertin, meine liebe Marie Therese."

„Ich würde dann am kommenden Wochenende, also Freitag nach der Bibliothek, beispielsweise nach Altlengbach fahren, um alleine wandern zu gehen, und dann am Samstag wieder hier sein."

Frau Dr. Dr. Sprenger warf einen bedeutungsvollen Blick in ihren Terminkalender und meinte dann zustimmend: „Ich werde zwar zwei Termine verschieben müssen, aber das wird schon gehen. Das Wochenende drauf, sind wir dann ja sowieso am See, richtig?"

„Ja, Frau Dr. Dr. Sprenger, darauf freu ich mich schon sehr, der See ist so schön und jetzt würde ich gerne ein wenig Computerspielen nach all der Aufregung, ist das in Ordnung? Ich werde sowieso bald schlafen."

„Natürlich", seufzte Frau Dr. Dr. Sprenger.

Paul ging nach oben in sein Zimmer.

„Der Junge verbringt viel zu viel Zeit vor dem Computer." Mutter flüsterte diese Worte verschwörerisch zu Frau Dr. Dr. Sprenger.

„Eins nach dem anderen, liebe Sophie, du wirst schon sehen", antwortete Frau Dr. Dr. Sprenger genauso verschwörerisch.

ZET: Ich hab den Schamanen getroffen für mein Ritual.

Cybersun: Versprich mir einfach, dass du MICH nie

treffen wirst und niemand wird verletzt.

ZET: Bei meiner Ehre als Zombieschlächter. Ich versprech's.

Cybersun: Wie war's mit dem Typen oder soll ich mir vorstellen, was zwei einsame Männer in der Nacht so miteinander machen ...

ZET: Sei nicht so blöd.

Cybersun: Lass dir nicht alles so aus der Nase ziehen! Erzähl schon.

Paul beschrieb Cybersun das Treffen mit LOT, und was es nun alles an konkreter Vorbereitung brauchen würde und dass er für das Problem mit der Frau an seiner Seite noch nicht einmal einen Ansatz zu einer Lösung hatte.

Cybersun: Echt jetzt, so ein Typ aus dem Internet? Und der passt auf, dass du nicht verbrennst. Bitte versprich mir, dass du aufpasst.

ZET: Nein, der ist okay.

Cybersun: So Typen aus dem Internet kann man nicht

trauen. Und was soll LOT überhaupt heißen?

ZET: Keine Ahnung, hab nicht gefragt ... das sagst du dauernd

Cybersun: Nein, das mein ich nicht – es sind einfach zu viele Spinner unterwegs.

ZET: Der Typ ist okay, einen anderen hab ich sowieso nicht.

Cybersun: Versprich mir, dass du wenigstens Brandsalbe mitnimmst.

ZET: Na meinetwegen. Du, ich hab letzte Nacht kaum geschlafen, ich geh jetzt schlafen.

Cybersun: Na meinetwegen – das ist genau das, was ich lesen will von dir! Gute Nacht!

ZET: Logoff.

Cybersun: Logoff.

Schein und Sein

Am kommenden Samstagnachmittag saß Paul wieder im Zug. Er fuhr von Altlengbach zurück nach Wien. Paul ließ seine Gedanken durch die vorbeiziehende Landschaft schweifen, ohne konkret an etwas denken zu müssen. In ihm war eine freudige Ruhe, die seine Seele stärkte. Er hatte LOTs Familie kennen gelernt, alle waren freundlich zu ihm gewesen und zum ersten Mal in seinem Leben hatte sich jemand für ihn interessiert, nicht nur dafür, was er tat oder wofür er gerade zu gebrauchen war, sondern nur für ihn, für Paul. Sein Herz, all seine Sehnsucht waren in Altlengbach geblieben.

Als er wieder nach Hause kam, hatte er die Türe noch nicht aufgeschlossen, da saß das Empfangskomitee des kaukasischen Secret–Service schon drin und wartete auf ihn. Wie lange die beiden vorher schon im Vorzimmer gesessen hatten, ließ sich für Paul nicht herausfinden. Mutter rümpfte die Nase, als Paul die Schuhe nach seiner

Wanderung auszog.

Sie schnüffelte an ihm wie ein Hund, der nach Drogen suchte: „Hast du etwa geraucht, Paul? Du riechst ja gerade so, als hättest du in einem Ofen übernachtet?"

Frau Dr. Dr. Sprenger stand mit ebenso gerümpfter Nase daneben und sah Paul mit dem sorgenvollen Blick einer Psychiaterin an.

Paul durchzuckte es eiskalt. „Aber nein, Mutter. Du weißt doch, dass ich niemals rauche."

Pauls Gedanken flüchteten blitzartig nach Altlengbach. Die Eindrücke von Menschen, die an seiner Meinung interessiert waren und die ihn nicht nur herumkommandierten, waren noch sehr präsent in ihm. Er erinnerte sich so gerne daran, wie er der Gruppe sein Anliegen vorgetragen hatte und wie alle damit einverstanden waren, Paul bei seinem Ritual zu unterstützen. Am Abend gab es eine Geschichtenerzählrunde am Lagerfeuer. Dazu servierte der Hausherr Chai-Tee nach einem eigenen Rezept. Paul blühte in der Gegenwart dieser Menschen auf wie eine

Blume, deren Samen durch das Wasser der menschlichen Nähe und Zuneigung keimte. Beides waren Zustände, die Paul im Umgang mit anderen Menschen, nicht bekannt waren. Paul kam sich selbst wie eine Art Orchideensupermann vor. Nur das mit dem Duschen, das hatte er dann am nächsten Tag vergessen. Wie hatte er das nur vergessen können? In Zukunft musste er wirklich vorsichtiger werden.

„Paul? Hallo, hier sprechen echte Menschen mit dir! Paul Thomas! Ist jemand zu Hause?"

„Verzeihung, Mutter, Verzeihung, Frau Dr. Dr. Sprenger, ich bin noch ganz ..."

„Du wirkst abwesend, Paul!", unterbrach ihn Mutter. „Wo bist du, Paul? Wieder in einem deiner Computerspiele?"

Frau Dr. Dr. Sprenger fügte hinzu: „Wir haben uns etwas überlegt, deine Mutter und ich. Es ist nicht gut, dass du keine sozialen Kontakte hast. Du gehst auch nicht aus, du bist in keinem Sportclub und sonst hast du auch keine Freunde."

„Du hast auch sonst keine Freunde", wiederholte

Mutter anklagend. „Deshalb werden Frau Dr. Dr. Sprenger und ich nun für dich da sein und das mit dem Sozialverhalten üben. Hier zu Hause, wo dir nichts passieren kann und wo du vor niemandem Angst haben musst."

„Wie bitte? Nein!" Paul war über alle Maßen entsetzt.

„Paul!", sagte Frau Dr. Dr. Sprenger. „Es ist nur zu deinem Besten! Sieh dich doch einmal an, wie du hier ankommst. Ich habe es dir gestattet, ein Wochenende, mit dem Zweck zu geregelter Entspannung, wandern zu gehen, und wie kommst du hier an?"

„Entspannt?", fragte Paul unsicher. Er fühlte sich tatsächlich um einiges entspannter nach dem Wochenende, das könnte aber auch schlicht damit zusammenhängen, dass es eine geografische Distanz zwischen ihm und Mutter beziehungsweise Frau Dr. Dr. Sprenger gab.

„Diese archaischen Überbleibsel, die da an den Feuern gefeiert werden, und wir wollen gar nicht wissen, was du genau gemacht hast, denen kann man sich nur schwer entziehen. Sie enden tragischer Weise aber immer in Ausschweifung, Alkohol, Drogenexzessen und schließlich mit dem Tod. Ich habe darüber schon einen Vortrag gehalten. Ich möchte dir nur eine Frage stellen, Paul!"

„Ja? Bitte?" Paul wurde immer unsicherer, Frau Dr. Dr. Sprenger, wusste einfach, was sie wann und wo sagen musste, damit Menschen dann das tun würden, was sie gerade wollte.

„Möchtest du wirklich schon sterben, Paul?"
Paul bekam große Augen. Sich umzubringen, war nun wirklich das letzte, woran er gedacht hatte.

„Ich denke, es ist noch nicht so weit, dass man von einer akuten Suizidgefahr sprechen könnte, Sophie", fuhr sie zu Mutter gewandt fort. „Manchmal geht das leider schneller, als man meinen würde."

„Dem armen Paul, es fehlt ihm einfach sein Vater so sehr", schloss Mutter das Gespräch ab. „Wir werden vorläufig das Wandern nicht mehr erlauben können. Was mein lieber, lieber Paul jetzt braucht, ist Mamis ganze Liebe, Mami wird sich um dich kümmern, Pauli-Dearest."

Paul war perplex. Was für eine Meinung er dazu haben würde, das interessierte hier offenbar niemand, und dass nun die totale Überwachung zum Quadrat beginnen würde, das war vorher nicht abzusehen gewesen. In alter Gewohnheit versuchte er sich mit gebeugtem Kopf in sein Zimmer zu schleichen, um wenigstens einen Moment durchatmen zu können.

„Paul, hast du nicht etwas vergessen?", dieser Tonfall war sogar für Frau Dr. Dr. Sprenger ungewöhnlich scharf.

Paul zuckte abermals zusammen und wusste nicht, was er jetzt schon wieder falsch gemacht haben sollte.

„Haben wir nicht eben besprochen, dass wir soziale Interaktionen üben werden, hier im geschützten Rahmen, der lieben Familie, wo dir nichts passieren kann und wo du keine Angst haben musst?"

„Und wo du auch nicht drogensüchtig wirst oder noch weitaus Schlimmeres?", ergänzte Mutter.

„Okay … und was genau muss ich da jetzt tun?", fragte Paul nach.

„Nun, zu allererst, wirst du dich nicht in dein

Zimmer zurückziehen, sondern den Nachmittag mit deiner Mutter verbringen. Das trifft sich insofern gut, da ich einen Termin nicht verschieben konnte und noch einmal in die Praxis muss."

Uff, aber das ist machbar, dachte Paul. „Liebe Mutter, was würdest du denn gerne heute Nachmittag unternehmen?"

„Ach Paul, es ist so rührend, wie du dich um mich kümmerst, ich würde gerne meine geliebten Cellokonzerte aus meiner Schallplattensammlung anhören und du drehst die Platten immer für mich um. Würdest du das für mich tun, Paul?"

Paul nickte stumm. Innerlich war Paul damit beschäftigt, sich zu überlegen, wie das mit diesem Gebet funktionieren würde. LOT war der Meinung gewesen, das wäre ein absolutes Muss.

„Ach und Paul?", sagte Mutter. „Zuerst gehst du diesen abscheulichen Geruch abwaschen, ich möchte, dass du frischgewaschen und geduscht zu mir kommst."

Dieser Nachmittag würde schon irgendwie vorbeigehen.

Paul sah nach dem Besuch im Badezimmer wieder so aus, wie er normalerweise am Morgen aussah, bevor er zur Arbeit ging. Mutter war sichtlich zufrieden.

„Paul, bringst du Mami bitte ihre Schlafmaske? Sie müsste in meinem Schlafzimmer sein."

„Sofort, Mutter." Dann kochte er für Mutter einen Kamillentee, der sie vor Rührung schmelzen ließ, legte eine ihrer Lieblingsplatten auf und ließ sich neben Mutter auf dem mit Schonplastik überzogenen Sofa nieder. Mutter setzte sich die Schlafmaske auf und entschwand in die Welt der Musik. Paul hingegen dachte angestrengt nach. Wie war das nochmal? Wie hatte LOT das genannt? Beten ist wie Kuchenbacken. Okay. Ja, so hatte LOT das genannt.

„Paul", hatte er gesagt, „im Prinzip ist das schamanische Gebet wie Kuchen backen, wenn alle Zutaten dabei sind, kann nicht viel schiefgehen."

„Nur ein paar Regeln ... Das ist alles?", hatte Paul wissen wollen.

„Das ist eine ganze Menge, Paul Thompson, du wirst schon sehen. Und wenn du dir's nicht merken kannst, dann schreibst du dir eben einen Schummelzettel", hatte LOT augenzwinkernd seine Erklärung abgeschlossen, kurz bevor er mit den anderen Altlengbachern in der Schwitzhütte verschwunden war.

Okay, das mit den Himmelsrichtungen ist klar, aber wen soll man da jetzt einladen? Tiere? Welche Tiere denn? In der Glasvitrine standen Mutters Corginippes. Corgis? Naja, es waren Tiere, Hunde eben. Vielleicht noch ein anderes Tier? Paul mochte als Kind immer die Giraffen, weil die mit ihren langen Hälsen über alles den Überblick behalten konnten. Aber dann auch Elefanten, ja, wenn schon, denn schon ... konnte man da auch einen Wal einladen? Oder musste man dazu im Wasser sein, dass ein Wal kommen konnte? Und Götter? Welche jetzt? Diesen Übergott, der für alles und jedes zuständig war? Paul stand auf und drehte die Schallplatte um. Mutter lächelte. Nein, wie heißt der Typ aus dem Comic mit dem Hammer noch mal? Und wie war das mit Engeln? Engel find ich gut, auch wenn LOT nichts davon gesagt hat. Paul drehte an diesem Nachmittag Mutters Schallplatten noch sehr oft um. Bis Frau Dr. Dr. Sprenger am Abend wiederkam, hatte

Paul die Zutaten für seinen Kuchen beisammen. Sie aßen gemeinsam zu Abend und unterhielten sich über belanglose Dinge, die Spitzen gegen Pauls häufiges Computerspielen erreichten ihn nicht. Mutter ging nach einem so entspannenden Nachmittag früh ins Bett. Den letzten Gedanken, der Paul in Gegenwart von Frau Dr. Dr. Sprenger und Mutter hatte, war: „Ich muss hier raus ... ich weiß zwar nicht wie ... aber ich muss hier raus, je eher, desto besser."

Frau Dr. Dr. Sprenger saß auf dem Sofa und studierte noch Patientenakten. Paul zog sich in sein Zimmer zurück und ließ freiwillig die Türe zu seinem Zimmer weit offenstehen. Einem sensiblen Mitbewohner wäre spätestens jetzt aufgefallen, dass da irgendetwas nicht stimmen konnte.

Paul konnte nicht einschlafen. Zu viele Gedanken hüpften in seinem Kopf herum. Aufs Computerspielen hatte Paul auch ganz vergessen. Irgendwann, so gegen zwei Uhr in der Früh, öffnete er doch seinen Chat. Cybersun hatte sich einsam gefühlt. Es waren einundsechzig Nachrichten von ihr im Chat.

ZET: Hey – Bin online – hab deine Nachrichten nicht gelesen. Was gibt's?

Es dauerte keine zehn Sekunden, bis Cybersun antwortete.

Cybersun: Warum schläfst du nicht?

ZET: Frag nicht, und du?

Cybersun: Mein Kleiner ist unruhig. Irgendwelche Bauchkrämpfe der Arme. Hey – Wo warst du?

ZET: Bei dem Haus mit dem Ritual.

Cybersun: Ahhhh ja, völlig vergessen. Nein, ich kenn das, das wird eine schlaflose Kuschelnacht an Mamis Seite und dann isses wieder gut. Du, kann ich dich mal was fragen?

ZET: Was denn?

Cybersun: Glaubst du, man kann sich in jemanden verlieben, den man nur einmal gesehen hat?

ZET: Schon wieder?

Cybersun: Nein, noch immer.

ZET: Das fragst du jeden Tag.

Cybersun: Hab ich dir von dem Typen schon erzählt?

ZET: Noch nie....

Cybersun: Nein, wie er aussieht und wie er so is eben so

...

ZET: Wie kann man von einem Mal wissen, wie jemand

ist?

Cybersun: Aber vom Chatten.

Paul wusste, dass es keinen Sinn machen würde, sie zu unterbrechen, egal wie oft sie dieses Gespräch schon geführt hatten. Wenn sie so war, dann war Cybersun auf Autopilot.

Cybersun: Also, er war ziemlich groß, so ca. 1,90 und blond, so ein richtiger Hühne aus dem Norden. Und so ein Fifties- Styling – also nicht voll Fifties, eher so upgedatetes Vintage. Du weißt, was ich meine.

ZET: Ja klar!

Cybersun: Diese Typen wissen noch, worauf Frauen

stehen. Und er konnte nicht gut deutsch – Er war

Schwede glaub ich, oder so. Das lustigste war seine

Stimme, die war so hoch - also so ein Riesenteil von

einem Mann, aber eine Stimme, wie ein Quietschente.

So eine große Gürtelschnalle hatte er auch und so ein

kariertes Hemd, knallenge Jeans … da bin ich ihm sofort

verfallen. Was ist, wenn der nie wieder anruft? Du

Zombiedeath Eternity – darf ich dich etwas fragen?

ZET: Klar.

Cybersun: Versprich mir, dass du mich nie treffen willst.

ZET: Okay?

Cybersun: Aber weißt du, was komisch war?

ZET: Nein was?

Cybersun: Der hatte viel Parfum drauf – also für einen

Mann – so als kann er sich selber nicht riechen …

ZET: Okay.

Cybersun: Nein, ich meine, er sich selbst nicht … egal –

er hatte andere Vorzüge

ZET: Dass er nie wieder angerufen hat?

Cybersun: Das war gemein!!!!! Und hey – ich meine das

ernst. Wir werden uns nie, niemals treffen, also so in

echt.

ZET: Okay.

Cybersun: Ich meine das ernst. Wenn du mich triffst, werden wir nie wieder etwas miteinander zu tun haben. Versprich's mir auf die Zombiejägerehre!

ZET: Okay, ich versprech's. Auf die Zombiejägerehre.

Cybersun: Ich mag dich und ich will dich nicht verlieren, weil wir uns kennen lernen und dann nur einen einzigen Nachmittag miteinander verbringen. Und du mich dann nie wieder anrufst.

ZET: Okay, so bin ich aber nicht.

Cybersun: Doch, ihr Männer seid alle gleich.

ZET: Jaja, wir können alle nur Spinat bringen.

Cybersun: Hääääääää?????

Cybersun: Das ist nicht fair, ich breite dir mein Herz aus und du verarscht mich – du kannst mich mal – egal ob echt oder nicht – ihr seid alle gleich. Ihr wollt nur ins Bett mit mir, euren Spaß haben und dann nie wieder anrufen.

ZET: Okay, Frau kann eh mit Mann alles machen, wenn sie mit ihm ins Bett geht. Du und noch was. Das mit den Ritualmenschen war anstrengend, ich bin doch müde und werd mich bald hinlegen.

Cybersun: Schön wär's, aber viele glauben das. Wie war das mit dem Ritual?

Paul erzählte Cybersun von dem Abend am Feuer, und wie wohl er sich unter den anderen Menschen gefühlt hatte. Cybersun versuchte Paul zu helfen, indem sie ihm Weblinks zu Schamanengebeten schickte und ihm das Versprechen abrang, dass auch weibliche Göttinnen dabei sein müssten. Paul willigte ein.

ZET: Glaubst du, man kann einfach so von zu Hause ausziehen?

Cybersun: Ja klar, such dir eine Wohnung. Warte mal, mein Kleiner ist wieder so unruhig. CU. Bis morgen.

ZET: Gute Nacht.

Cybersun: Logoff.

ZET: Logoff.

Obwohl Paul nur wenig geschlafen hatte, fühlte er sich trotzdem fit. Irgendetwas in seinem Leben, in seinem inneren Leben bewegte sich vorwärts, das war unüberspürbar. Gut gelaunt und frisch geduscht ging er nach unten, wo bereits Mutter und Frau Dr. Dr. Sprenger beim Frühstück saßen.

„Guten Morgen, meine Damen? Wie ist das werte Befinden an diesem wunderbaren Morgen?", fragte Paul bewusst theatralisch.

Mutter und Frau Dr. Dr. Sprenger grüßten zurückhaltend höflich und erklärten Paul die Änderungen im Zusammenleben, die sie beschlossen hatten.

„Du wirst es lernen müssen, dich am Haushalt zu beteiligen", eröffnete Mutter den Plan. „Gemeinsames Putzen im Haushalt kann auch symbolisch verstanden werden, um die sozialen Spannungen im Verhältnis zweier Menschen abzubauen, ja, die Beziehung im besten Fall sogar ganz davon zu reinigen."

„Kein Problem", sagte Paul, er war viel zu gut aufgelegt an diesem Morgen, um dagegenzusprechen. „Was noch?"

„Hier hast du zweihundert Euro und die Einkaufsliste für heute, nach der Arbeit wirst du die Dinge besorgen, die ich dir aufgeschrieben habe. Das schafft mein Pauli-Liebeling schon!"

Paul aß seine Cornflakes.

„Wenn du heute in der Arbeit bist, dann nimm doch bitte deinen Dienstplan nach Hause mit, dann können wir das hier noch besser planen. Nach der Arbeit kommst du unverzüglich nach Hause", fügte Frau Dr. Dr. Sprenger hinzu.

Paul dachte: „Yes, Frau Dr. Dr. Sprenger-Sir, ganz wie Sie wollen, Frau Dr. Dr. Sprenger-Sir!" Und sagte vergnügt: „Nach dem Einkaufen meinen Sie, Frau Dr. Dr. Sprenger? Natürlich, kein Problem und kein Problem. Kann ich sonst noch etwas tun?"

Paul steckte das Geld in seine Hosentasche, zog Hut und Mantel an und ging arbeiten.

Mutter sah Frau Dr. Dr. Sprenger fragend an. Irgendetwas schien ihr verdächtig zu sein.

„Man sollte nicht unterschätzen, wie schnell sich manchmal diese Umstellungen zeigen", murmelte Frau Dr. Dr. Sprenger. „Darüber hab ich sicher schon einmal eine Arbeit geschrieben." Ganz sicher war sie sich bei dieser Aussage allerdings nicht.

„Was machen denn diese ganzen Bücher über Rituale hier? Wieso sind die nicht schon lange wieder zurückgebucht? Die sind ja dann blockiert." Pauls Chefin, die Leiterin der Bibliothek für Kultur- und Sozialanthropologie, hatte Paul schon letzte Woche daran erinnert, die Bücher wieder in die Regale zurück zu schlichten, damit diese von den Studenten verwendet werden können.

Paul erkannte am Tonfall der sonst eher gemütlichen Chefin, dass es hier keinen Spielraum für Diskussionen gab. „Verzeihung, ich mach das sofort", antwortete Paul. Großvater hatte es sich inzwischen im Gummibaum häuslich eingerichtet. Er lebte dort in seiner Hängematte und führte mit Paul immer wieder tiefschürfende Gespräche über die Philosophie des Lebens. Pauls Arbeitskolleginnen bemerkten natürlich Pauls „Gummibaumgespräche". Als Paul vom Büchereinsortieren zurück kam, hatte er irgendwie das Gefühl, die Blätter des Gummibaums wären irgendwie ...

grüner geworden.

Cybersun meldete sich täglich im Chat, den hatte die Chefin zum Glück noch nicht bemerkt, doch Paul widmete ihr nicht allzu viel Zeit. Er war gerade mit Verwaltungsarbeiten im Computer beschäftigt, als der Briefträger zum Pult trat.

„Gibt es hier einen Paul Zombiedeath_Eternity?", wollte der Briefträger wissen, der die Post ausnahmsweise nicht beim Portier abgegeben hatte, sondern hinauf ins Institut brachte.

„Das können Sie mir auch geben", sagte Paul und er unterschrieb die Quittung. Als er das kleine Paket auspackte, kam ein sechseckiges, verschließbares Marmeladeglas zum Vorschein, das bis zur Hälfte mit Wasser gefüllt war, in dem eine Orchideenblüte schwamm. Darauf klebte ein Zettel, auf dem stand: „Ich bin bei deinem Ritual dabei. Herzlichst Cybersun." Paul wollte sich sofort bei Cybersun bedanken, konnte aber nur ihre letzte Nachricht lesen.

Cybersun: Bitte versprich mir, dass du eine Brandsalbe und Verbandszeug mitnimmst!!!!

Cybersun: Logoff.

ZET: Versprochen.

„Warum muss ich der eigentlich immer alles versprechen", dachte Paul.

SMS an LOT:

Ich hab die Frau gefunden, die bei dem Ritual dabei sein wird.

SMS an Paul:

War mir klar. Niemand kann sich ewig vor seiner weiblichen Seite verstecken. Freu mich, sie kennen zu lernen. Ich werde am Freitag nicht dabei sein können – den Atem des Wassers, musst du alleine hinter dich bringen. Ich bin auf einer Schwitzhütte im Zillertal. Komme dann Samstagfrüh zum Feuerteil. Alles Gute, LOT.

SMS an Lizzy:

Nächsten Samstag gegen Mittag in Altlengbach. Wegen

meinem Ritual. Bitte nicht zu spät kommen. Dein Bruder

Paul.

Nachdem Paul die Bücher, bis auf das eine mit den alpenländischen Schnitzmustern, zurückgebracht hatte, druckte er seinen Dienstplan aus und bestellte im Internet drei Karten für ein Konzert am See am kommenden Samstagabend: das Petrasilienquartett – Streichmusik für das moderne Cello. Damit würde er Mutter und Frau Dr. Dr. Sprenger eine große Freude machen. Lizzy beantwortete Pauls SMS bis zum Ende des Arbeitstages nicht.

„Das ist noch kein Grund nervös zu werden", sagte sich Paul, „das ist Lizzy."

Paul war schon in der Straße, in der Mutter wohnte, als ihm einfiel, dass er ja, der befohlenen Sozialinteraktion folgend, noch einkaufen gehen musste. Gedankenverloren zahlte er mit seiner Bankomatkarte und brachte die Einkäufe nach Hause. Dort warteten Mutter und Frau Dr. Dr. Sprenger bereits mit einer Rolle

Klebeband bewaffnet auf ihn. Paul übergab Mutter seinen Dienstplan und sie klebte ihn auf einen der Küchenkästen. Die Aufgabe für den heutigen Abend: Es müssen sämtliche Bad- und Sanitärbereiche der Wohnung auf das gründlichste, bis zwischen die Fugen der Fliesen, gereinigt werden. Frau Dr. Dr. Sprenger wollte die soziale Interaktion zwischen Mutter und Sohn nicht stören und studierte einmal mehr Patientenakten. Die Putzaktionen der anderen Räume wurden auf die folgenden Wochentage aufgeteilt. Endlich war Paul wieder in seinem Zimmer.

ZET: Danke für die Orchidee im Glas.

Cybersun: Superidee oder? Wie transportiert man eine Orchideenblüte mit der Post, ohne dass die kaputt geht ... Und ich hab dir ja gesagt, dass ich dabei bin. In dem Glas, da bin ich dabei.

ZET: Okay, Wie geht's deinem Sohn?

Cybersun: Alles ok. Du bist nicht mehr so oft im Chat ...

ZET: Frag nicht, hier ist der totale Putzwahnsinn ausgebrochen.

Cybersun: Hahahaha. Hast du schon Sex oder putzt du noch, ich glaub, ich muss dir da mal was erklären.

ZET: Blödfrau. Gute Nacht

Cybersun: Blödmann. CU

ZET: Logoff.

Cybersun: Logoff

Paul realisierte schnell, welche Rolle er zu Hause zu spielen hatte. Es war zwar eine andere Rolle gewesen als die, die er gewohnt war zu spielen, doch es machte für Paul keinen großen Unterschied, wenn sich Mutter und Frau Dr. Dr. Sprenger nur damit zufrieden gaben. Sein wirkliches Leben fand in der Bibliothek statt. Dort kam es ihm wenigstens so vor, als würde er weiterkommen, bei dem, was er für das Ritual benötigen würde.

Das morgendliche Ausfassen der To-do–Liste von Mutter und Frau Dr. Dr. Sprenger war im Laufe der Woche ein schon fast ritualisierter Ablauf geworden, der die Situation in Mutters Wohnung merklich entspannte.

Paul saß vor dem Buch mit den alpenländischen Schnitzereien und studierte die Muster der Bannknoten und Spiralen. Er versuchte, diese Muster auf seinen zirka fünf Zentimeter dicken Korkenzieherweidenast zu übertragen. Paul vertiefte sich schnell in die Schnitzarbeit und vergaß alles rund um ihn. Großvater sah ihm dabei aufmerksam zu. Es war mehr als einmal, als ihn Studenten unsanft daran erinnerten, dass er der diensthabende Bibliothekar war. Polternd näherte sich ein Cello seinem Pult. Ein Cellokasten versuchte mit einigem akustischen Aufwand an Paul vorbei und in den Lesesaal der Bibliothek zu kommen.

Paul schreckte hoch: „Verzeihung, das geht nicht! Rucksäcke und Taschen sind im Lesesaal nicht gestattet. Mutierte Geigenkästen aus Tschernobyl übrigens auch nicht."

„Ich bin keine Geige aus Russland, ich bin ein Cello aus Italien", sagte der Cellokasten mit einer auffallend weiblichen Stimme.

Paul musste lachen: „Trotzdem müssen Sie draußen bleiben. Sind die Vorschriften." Da trat eine Studentin hinter dem Cellokasten hervor. „Kann man da nicht einmal eine Ausnahme machen zur Vorschrift? Bitte? Bitte, bitte? Ich will mein Cello nicht einfach so in der Garderobe lassen."

Es war die Studentin mit den langen Haaren und den feingliedrigen Fingern, die erst kürzlich das Buch über Feuerbestattungen gesucht hatte.

Ich wusste es, dachte Paul, die ist irgend so eine Geigerin.

„Also Folgendes, ich stell Ihr Instrument hier neben den Gummibaum, da ist immer jemand vom Schalterdienst anwesend, der Ihr Cello im Auge hat. Gut?", sagte Paul sehr freundlich. Freundlich, ja so dachte Paul, für jeden anderen sah es so aus, als würde Paul nach allen Regeln der Kunst flirten, aber das war Paul natürlich nicht bewusst.

Sie bedankte sich und gab Paul ihren Ausweis, damit er ihr einen Schlüssel für die Garderobe geben konnte. Sie heißt also Petra, dachte Paul, als er ihren Namen am Bildschirm des Bibliothekscomputers las. Petra, die Cellospielerin.

„Und, Ungarnopa, spielst du auch Cello? Ich mein,

jetzt, wo es in deiner nächsten Nachbarschaft steht",
fragte Paul seinen Opa.

„Nein, leider nicht. Du weißt ja, Waldhorn war
mein Instrument gewesen, vor dem Krieg. Nach dem
Krieg hatte ich einen Splitter im Ohr und konnte nicht
mehr richtig spielen. Was für mich richtig klang, klang für
alle anderen falsch. Dann hab ich aufgehört zu spielen.
Das war schade, denn mit den Augen kann man kein
Instrument spielen. Das Wesentliche, mein lieber Enkel,
ist für die Augen unsichtbar ... das bedeutet aber nicht,
dass man es trotzdem hören kann."

„Das hab ich schon mal wo gehört", murmelte
Paul.

Cybersun: Willst du überhaupt noch mit mir reden?
ZET: Aber sicher, ich hab nur einen Nebenjob. ☺
Cybersun: Erzähl du einer Mutter was von Nebenjob –
und ich chatte auch mit dir.
ZET: Okay? Am Abend. Ich versprech's.
Cybersun: MÄNNER! ZU NICHTS ZU GEBRAUCHEN.
ZET: Logoff.

Noch bevor Paul antworten konnte, war ein verzweifelter Student auf der Suche nach dem immer nicht auffindbaren Buch. Cybersun meldete sich nicht mehr im Chat und Großvater verschwand auch. Paul zeigte dem Studenten das Regal, in dem das Buch stand.

Als Paul zurückkam, war die Chefin gerade dabei, Pauls Stab zu begutachten. Dann griff sie zum Telefonhörer, um jemand vom Putzdienst zu holen, der die Schnitzspäne, die überall hinter dem Pult am Boden verteilt waren, wegkehren würde. Die Chefin sah Paul direkt in die Augen und sagte mit spitzen Lippen: „Heute Abend ist davon nichts mehr hier, Herr Thompson. Sie nehmen alles mit, ihren komischen Stecken, dieses lächerliche Glas mit der Blüte und dann bringen Sie endlich dieses Buch über Ritualschnitzereien zurück! Von mir aus entsorgen Sie das ganze Zeugs, aber ich will das hier nicht mehr sehen. Also, ihr Zeugs, das Buch stellen Sie zurück. Und dieses Cello kommt hier auch weg."
Paul nickte stumm.

„Aber, Frau Kollegin," sagte Professor Kremser, der wieder einmal aus dem Nichts aufgetaucht war. „Gerade wir sollten alle dabei unterstützen, die sich mit Ritualen und Ähnlichem beschäftigen. Es ist ja nur ein Stab und auch gar nicht der Aufregung wert."

„Ja, wie Sie meinen, Herr Professor Kremser ...Verzeihung, ich muss weiter."

Paul kehrte hinter den Schalter zurück. Er hatte ein schlechtes Gewissen, hob schnell alle Späne auf und legte sie als Dünger in den Gummibaum, der sich noch einige Tage darüber freute.

SMS von LOT:

Zwei Meter Neuschnee im Zillertal. Da ist eine Schwitzhütte unmöglich. Ich bin morgen Früh schon mit dabei.

Einerseits freute sich Paul darüber, dass LOT nun doch schon vorher dabei sein würde, andererseits realisierte er in diesem Moment, dass morgen der Vorbereitungstag für das Ritual war. Nun dürfte er keine

Fehler mehr machen. Die Sache mit dem Urlaubstag hatte er bereits organisiert, eine Kollegin würde für ihn einspringen. Sein Ablenkungsmanöver für Mutter und Frau Dr. Dr. Sprenger, die Konzertkarten, waren auch schon angekommen. Paul überlegte, wie er seinen Stab und seine Orchideenblüte an Mutter vorbeischmuggeln würde, es fiel ihm aber nichts ein. Lizzy hatte sich noch nicht gemeldet. Das war schön langsam ein Grund zur Sorge. Der Gummibaum wurde aus Freude über die strenge Chefin wieder ein bisschen grüner.

Paul war auf dem Weg zu Mutters Wohnung. Noch bevor er den Einkauf erledigte, versteckte er seinen Stab und das Glas mit der Orchideenblüte in den dichten Heckenrosenbüschen vor Mutters Wohnung. Da würden sie bis morgen sicher sein, bis er sie wieder herausholen würde. Paul bat inständig alle Götter, die ihm einfielen, auf seinen Stab und sein Glas aufzupassen.
In der Wohnung wollte Paul seine Überraschung nicht lange geheim halten und präsentierte Mutter und Frau Dr. Dr. Sprenger die Konzertkarten für das Seekonzert am

Samstag. Vor allem Mutter war so entzückt, dass sie ganz auf die Putzarbeit vergaß, und Paul ohne weiteres zu seinem Zimmer durchkam. In Pauls PC wartete schon eine alte Bekannte.

Cybersun: Hallo Süßer, ich hab zwei Überraschungen für dich :D

ZET: Süßer?

Cybersun: Ja, irgendwie bist du süß.

ZET: Okay. Du weißt schon, was ich morgen vorhabe, und davon kann mich auch nichts mehr abbringen.

Cybersun: Will ich auch gar nicht. Ich will dich HIN-bringen.

ZET: Was willst du?

Cybersun: Ich sagte doch, ich will dabei sein, also werde ich dich hinbringen.

ZET: Wohin? nach Altlengbach.?

Cybersun: Ja, klar – ich hab ja ein Auto.

ZET: Und dein Sohn?

Cybersun: – Alles schon organisiert, der wird morgen vom Vater aus dem Kiga abgeholt. – Mami hat ein freies

Wochenende.

ZET: Cool! Vielen Dank. Damit hab ich nicht mehr gerechnet – ich dachte, das mit dem Orchideenglas würde auch reichen.

Cybersun: Kein Problem. Mach ich gerne.

ZET: Ich dachte, wir sollen uns nie sehen?

Cybersun: Das war gestern. Ich hab's mir anders überlegt.

ZET: Danke! Nochmal.

Cybersun: Ja, du musst nur morgen Früh zu mir kommen und deine Nummer brauch ich auch, für Notfälle.

ZET: Klar, und was ist die andere Überraschung?

Cybersun: Es ist schon beeindruckend, was du da vorhast, also so für Frauen ...

ZET: Naja ...

Cybersun: Lehn dich einmal ganz entspannt zurück.

ZET: ???

Cybersun: Weiß ich, ob du nächste Woche noch lebst? Du bist ein Totgeweihter. Jetzt kommt das zweite Geheimnis.

ZET: Okay, noch leb ich ja.

Cybersun: Möchtest du wissen, was ich anhabe? Es ist heiß geworden hier. Ich hab hier nichts mehr an, außer meinen Strapsen. Na, wie gefällt dir das?

Nun wurde Paul heiß – sehr heiß – und er musste trocken schlucken.

Cybersun: Nur für dich trage ich noch meine Unterwäsche, mein Süßer. Und was hast du an?
ZET: Ich sitze hier in der Unterhose und im Muskelshirt. Ich bin sehr muskulös musst du wissen.
Cybersun: Weißt du, was ich jetzt mit dir machen würde, wenn du hier wärst? Ich würde dich ganz langsam von hinten [...]

Paul hatte schreibend gelogen, doch mit jeder Zeile, die er las, erhöhte sich sein Pulsschlag. Paul zog sich zuerst das Hemd, dann die Hose aus. Dieser Chat würde heute noch länger dauern. Sogar der Umstand, dass sich Lizzy noch nicht gemeldet hatte, war ihm im Moment ganz egal geworden.

Okupiolizzy

Als Paul am folgenden Morgen aufstand, hatte er das Gefühl, dieses Ritual – was immer es auch bewirken würde – schon erlebt zu haben. Die Zeit, die er im Badezimmer verbrachte, das Frühstücken mit einer gut aufgelegten Mutter und einer ebenso vergnügten Frau Dr. Dr. Sprenger, das Ausfassen der Einkaufsliste, all das zog an Paul vorbei, ohne dass er daran teilnahm. Er war innerlich weit entfernt von der Welt, in der er physisch agierte. Paul wusste zwar nicht so genau, wo er da war, aber er wusste, dass er dort, wo er war, richtig war. Bevor er sich offiziell auf den Weg in die Arbeit machte, ging er noch einmal in sein Zimmer, teils aus Sentimentalität, teils, weil er sich daran erinnerte, die Kamera mitzunehmen, um für Professor Kremser den Moment des Herausgezogen-Werdens mit zu filmen Dieses Zimmer war die letzten achtzehn Jahre sein Zuhause gewesen, sein Zuhause in Mutters Festung, aus der es bis heute kein Entkommen gegeben hatte. Alles in

Pauls Leben war einstudiert, war ein in sich ewig wiederholender Kreislauf, den nichts unterbrechen konnte. Noch vor weniger als einem Monat war Paul der Meinung gewesen, sein Leben wäre ja gar nicht so schlecht, nun hatte er sich, ohne viel darüber nachzudenken, nicht nur geistig aus seinem Zimmer herausbewegt, er war auch körperlich zu dieser Veränderung bereit.

Als Mutter ihm die Liste für die abendlichen Reinigungsarbeiten übergab, antwortete Paul:

„Danke, ich weiß, das Wesentliche ist für die Augen unsichtbar."

Mutter blickte verwundert zu Frau Dr. Dr. Sprenger, die schaute ebenso verwundert zu Mutter zurück und zuckte mit den Achseln. Darüber hatte sie offensichtlich noch keine Arbeit geschrieben. Der ganze Morgen war viel zu harmonisch gewesen, als dass eine der beiden Verdacht schöpfen würde können. Paul ließ die verwunderten Damen am Frühstückstisch sitzen und ging los. Mutter überlegte sich kurz, ob sie ihrem Sohn noch vom Balkon aus auf dem Weg zur Arbeit zusehen und etwas nachrufen solle, damit der liebe und gute Junge auf jeden Fall einen guten Tag haben würde, doch es musste der Geschirrspüler eingeräumt werden, es musste ja Prioritäten im Leben geben. Hätte sie Paul vom Balkon aus noch beobachtet, hätte sie gesehen, wie Paul aus dem Heckenrosenbusch seinen Stab und sein Marmeladeglas mit der drinnen schwimmenden Orchideenblüte ausgrub und an sich nahm.

„Ach, was ist es doch für eine erquickliche Erfahrung unter einer Heckenrosenhecke zu schlafen." Pauls Stab war in sehr geschwätziger Stimmung an diesem Morgen. „Wie nennt man das bei den Menschen nochmal? Spa? Wellness?"

„Ja, ja, Wellness, genau da fahren wir jetzt hin", erwiderte Paul.

„Yippie!" Die ausgelassene Stimmung seines Stabs wirkte sich positiv auf Paul aus. Die Götter hatten wohl Pauls Gebete erhört und gut auf seinen Stab und seine Blüte, die zum Symbol seiner Weiblichkeit geworden war, aufgepasst. Geistig ging Paul immer wieder den Ablauf des Rituals durch und überlegte, ob er etwas vergessen hatte. Ein Schlafgewand, das in der Hütte mitverbrannt werden sollte, hatte er mit. Er hatte sich für eines entschieden, das er schon als Fünfzehnjähriger getragen hatte. Es passte zwar nicht mehr so ganz, zwickte da und dort, aber um eine Nacht drinnen zu schlafen, würde es reichen. Den Stab, das Glas, Cybersun – zu ihr war er gerade unterwegs ... Was noch? Mensch, Lizzy! Melde dich – das war Pauls erstes Stoßgebet an diesem Tag. Es sollten noch viele weitere folgen.

SMS von Cybersun:
Du das tut mir jetzt unendlich leid. Ich bin normal nicht so. Wirklich. Ehrlich. Mir ist gerade die Batterie von der Karre verreckt und der Erzeuger meines Kindes kann den Kleinen nicht aus dem Kiga holen.

SMS von Paul:
F***. Okay, aber F***.

SMS von Cybersun:

Mir tut das voll ehrlich leid. Voll. und ich hätte dich voll gerne kennen gelernt und dich da rausgefahren. Der Pannendienst braucht neunzig Minuten, bis der da ist und dann noch reparieren, dann bin ich nicht mehr rechtzeitig im Kiga und die sind so streng, wenn man nicht um13:00 da ist.

SMS von Paul

... hab's kapiert ...

Jede einzelne von Pauls Zellen wusste in diesem Moment wieder, was Adrenalin war. Mit den öffentlichen Verkehrsmitteln würde es um einiges länger dauern, nach Altlengbach zu kommen. Paul beschleunigte seinen Schritt.

„Wie soll denn da ein anständiger Schamanenstab noch mitkommen", schimpfte Pauls Stab vor sich hin. „Nach rechts, Pauuuuul – nach rechts und jetzt links und ..." Paul war völlig in Gedanken versunken, als er am Wochenmarkt vorbeikam. Er lief direkt in den Wagen eines fahrenden Händlers. Paul musste ein komisches Bild abgegeben haben, völlig abgehetzt mit seinem Stab in der einen und seiner Orchidee im Marmeladeglas in der anderen Hand. Um die Schulter trug er eine viel zu große Umhängetasche, die ihn nicht so schnell vorwärtskommen ließ, wie er das gerne gehabt hätte.

„Guten Morgen der Herr, wünschen eine Tasse Tee? Sind erste Kundschaft heute."

„Wieso Kunde?", fragte Paul. „Nein, danke. Ich hab's eilig."

„ Sollten Sie trinken, diese Tee direkt von ungarische Puszta, alles gute Kräuter!."

Der fahrende Händler war ein alter Mann mit einem gepflegten weißen Bart. Kurz versuchte Paul, sich den Mann ohne Bart vorzustellen, und wusste nicht, ob er ihn dann an jemanden erinnern würde. Der fahrende Händler schenkte Paul eine Kappe voll aus seiner Thermoskanne ein. Paul wollte nicht unhöflich sein, den Tee konnte er aber auch nicht nehmen, dafür hatte er es zu eilig. Da klingelte Pauls Telefon. „Entschuldigung, ich muss weiter", setzte Paul seinen Weg fort. „Ja? Thompson."

„Herr Thompson? Wir warten hier schon auf Sie. Sie hatten vor einer halben Stunde Dienstbeginn. Wenn Sie also nicht krank sind, dann würde ich gerne wissen, warum Sie nicht in der Bibliothek sind?"

„Entschuldigung, Chefin, die Frau Neumayr müsste da sein, statt mir ... hab ich das vergessen zu erwähnen?", versuchte Paul die Situation zu klären.

„Sie haben also den Dienst getauscht? Und ja, Frau Neumayr hab ich schon gesehen ... wann hätte ich davon erfahren sollen?"

„Verzeihung, bei mir geht es privat gerade drunter und drüber ..."

„Na, dann kenn ich mich ja aus, Herr Thompson, bis Montag, ich hoffe da bleibt alles wie es ist."

„Ja, natürlich, Montagfrüh bin ich um acht Uhr da. Schönes Wochenende."

„Danke, gleichfalls." Frau Neumayr betrachtete an diesem Morgen lange den Gummibaum. Sie wollte nicht recht glauben, dass die Blätter seit einer Woche immer grüner wurden und führte das auf die liebevolle Pflege des Bibliothekspersonals zurück.

"Junge Mann, haben etwas vergessen!"

Der alte Mann, fuchtelte wild mit Pauls Stab in der Luft herum. Erst jetzt realisiert Paul, dass der fahrende Händler alle möglichen Musikinstrumente aus der ganzen Welt auf seinem Wagen hatte. Paul lief zurück, um seinen Stab zu holen. Da fiel sein Blick auf ein kunstvoll gefertigtes Horn aus mehreren Kuhhörnern.

„Na, hörst du nicht, was der Mann sagt?" Pauls Stab war außer sich. „Das Horn! Paul – das Horn!" Dieses Horn war eindeutig die Verbindung zu seinem Großvater, die er fast zu besorgen vergessen hatte.

„Danke", sagte Paul sichtlich erleichtert und nahm seinen Stab: „Wie viel kostet dieses Horn?"

"Diese Instrument von der Kuh, von ungarische Longhorn. Sehr gute Qualität."

„Sie sind aus Ungarn?", wollte Paul wissen.

„Igen", antwortete der Mann, „igen."

„Ich kaufe das Kuhdings, wie viel?"

"Zweihundert für Sie. Aber können machen billiger."

Wie von selbst fuhr Pauls Hand in die Hosentasche, da waren noch genau die zweihundert Euro, die er von Mutter für den Wocheneinkauf bekommen hatte, und gab sie dem fahrenden Händler.

"In Ungarn wir immer handeln. Sie nicht gehandelt. Deshalb bitte erlauben, ich schenke Ihnen etwas."

Er schenkte Paul eine violette Holzblume, die in der Form einer Orchidee geschnitzt war. Paul sah sicherheitshalber nach, konnte aber keinen Großvater in der Holzblume finden. Der fahrende Händler sah dem sich schnell entfernenden Paul mit einem Lächeln nach.

„Ihr Menschen und vor allem Du, was würdet ihr nur ohne uns machen", schimpfte Pauls Stab weiter, als sie wieder alleine waren. „Mich vergessen! Pf!"

Von einer Keppelhexe zur nächsten, dachte Paul.

„Hey, das hab ich gehört!" Offenbar konnte Pauls Stab auch Pauls Gedanken hören. Das erinnerte Paul an Mutter, nur ohne Mutter. Paul kam ohne weitere Zwischenfälle zum Bahnhof. Als er dort eine Fahrkarte kaufen wollte, merkte er, dass er kein Bargeld mehr hatte. Die Bankomaten am Bahnhof hatten eine kollektive depressive Verstimmung und waren nicht bereit, auch nur einen einzelnen Zehn-Euro-Schein herzugeben. Die Beamten am Schalter bedauerten, dass Paul nicht mit seiner Karte bezahlen konnte, wollten ihm aber keine Fahrkarte schenken. Stattdessen verwiesen sie Paul an den Selbstbedienungsterminal. Doch die Störung umfasste alle elektronischen Zahlungsmittel. Paul dachte über seine Optionen nach. Er könnte sich niedersetzen und betteln, in diesem Moment kamen zwei Polizisten vorbei. Er könnte versuchen, im Schmuckgeschäft seine Uhr zu versetzen, doch die schlossen gerade wegen der Mittagspause. Er könnte sich ein Auto mieten, aber das verliehen die nicht, wenn man keinen Führerschein hatte. Auf der großen Anzeigetafel des Bahnhofs war zu lesen, dass der nächste Zug nach Altlengbach in zwei Minuten abfahren würde. Auf den übernächsten Zug hätte Paul vier Stunden warten müssen, das wäre zu spät geworden. Paul trat mit dem Fuß gegen den Fahrkartenautomaten und versuchte es nochmal.

Resigniert sank Paul vor dem Fahrkartenautomaten zusammen: „So weit bin ich gekommen und doch nicht ans Ziel, sollen sie mich doch wieder zurück zu Mutter bringen."

Da konnte er eine kleine leise Stimme vernehmen, die in sein Ohr flüsterte: „Steig in den Zug ein, und wenn der Schaffner kommt, dann erklär ihm, dass ich, dein Zauberstab, die Fahrkarte aufgegessen habe."

Paul musste lachen.

„Einfach so, ohne dass du das gemerkt hast."

Pauls Abenteuerlust war im Nu zurückgekehrt. „Na, einen Versuch ist es wert", antwortete Paul seinem Stab und lief, so schnell er konnte, zum Bahnstieg und sprang im letzten Moment auf den Zug, der sich schon in Bewegung gesetzt hatte. Lizzy hatte sich noch immer nicht gemeldet. Trotzdem wurde Paul zuversichtlicher.

SMS von Cybersun:

Wenn es eben so sein soll, dass man sich nicht trifft, dann ist das sicher besser so. Wenn das Schicksal das nicht will, dann ist das so. So bleiben wir eben

Chatfreunde, die sich nie getroffen haben.

SMS von Paul:

Okay. Ich hab den Zombiechat am Handy installiert.

SMS von Cybersun:

Bist du mir böse?

Paul war froh, im Zug einen ruhigen Moment gefunden zu haben. Er sah zum Fenster hinaus und das hypnotische Rattern der Eisenbahnräder ließ ihn eindösen. „Raus, Mann, aufwachen, schnell, raus aus dem Zug es brennt ... Mutter im Anmarsch!"
Paul schreckte hoch, der Zug war eben dabei, in eine Station einzufahren. Noch war er nicht ganz bei Sinnen. Sein Stab hatte ihn geweckt und trieb ihn weiter an.
„Nichts wie raus aus dem Zug, da hinten kommt der Schaffner!"
Wirklich, der Schaffner war eben dabei, die Türe des Waggons, in dem Paul saß, zu öffnen. Paul schnappte

seine Sachen und ging, vor dem Schaffner flüchtend, zur Tür. Da stoppte der Zug.

„Ihre Fahrkarte bitte?"

Paul hielt seinen Stab, sein Kuhhorn, die Holzorchidee und die Orchidee im Marmeladeglas in seinen Händen und seine Umhängetasche mit dem Gewand vor sich.

„Ja, gerne, aber ich muss hier aussteigen", lächelte Paul den Schaffner verlegen an. Der Schaffner lächelte zurück. „Ich wünsche Ihnen ein schönes Wochenende", und er öffnete Paul die Zugtüre.

Paul konnte nicht schnell genug aus dem Waggon herauskommen. Während der Zug weiterfuhr und Paul nicht weiterwusste, sah er hoch zu dem Schild, das sich genau über ihm befand: Bahnhof Altlengbach. Paul atmete durch und machte sich auf den Weg. Er war nicht beim Schwarzfahren erwischt worden. Das machte Paul zum ersten Mal seit seiner Kindheit so stolz, wie er war, als er Fahrradfahren gelernt hatte. Paul hatte im Moment jede Menge Selbstvertrauen. Nun gab es nichts mehr, was ihn aufhalten würde, und das Lizzyproblem würde er schon irgendwie lösen. Das Haus lag auf einer leichten

Anhöhe, von der man hinunter auf das Dorf sehen konnte. Ein Ort also, der dem Dorf vorgelagert war. Für Pauls Zwecke passte das perfekt. Zuerst müssen die bösen Geister besänftigt werden, dann erst darfst du, gereinigt, ins Dorf eingelassen und willkommen geheißen werden.

Paul war noch ganz in seine Gedanken vertieft, als LOT den Weg heraufgeschlendert kam. Er sah jetzt der Vorstellung, die Paul von einem Schamanen hatte, viel ähnlicher als im Café Votiv. Seine langen Haare waren offen, sein kunstvoll geschnitzter Stock vermittelte etwas Lebendiges und seine Halskette mit den unterschiedlichen Anhängern trug stolz auf der Brust. Paul und LOT umarmten sich wie zwei alte Freunde.

„Und, mein Freund, hast du alles beisammen?" LOT war nicht der Typ, der sich mit Höflichkeiten aufhielt.

„Äh, hm, naja … also", war Paul verlegen.

„Einen schönen Stab hast du da … ich bin sicher, der ist geschwätzig wie eine Elster. Und das Horn … sehr gute Wahl, Paul Thompson … Die Töne, sie verbinden uns alle, selbst wenn die Gefahren des Lebens unsere Augen zerkratzen und wir nichts mehr sehen, wir folgen dem Gesang des Herzens, um die Liebe zu finden", gab sich LOT zufrieden und bestätigte Pauls Vorbereitungen. „Jetzt gehen wir ins Haus und sagen erst einmal ‚Hallo' zur Familie."

Paul war eben dabei gewesen, die Türe des Hauses zu öffnen, als die Frau des Hauses herauskam. Paul stand da, mit seinem Stab, seinem Marmeladeglas, seinem Horn und einer Holzblume.

„Ist die für mich? Das ist ja herzallerliebst! Ich liebe Orchideen, alle Orchideen ... ich liebe sie ... da hast du meinen Geschmack erraten, Paul Thompson. Ein wunderschönes Gastgeschenk ist das. Danke vielmals." Sie war ganz aus dem Häuschen. Paul war so perplex, dass er der Frau des Hauses die Holzorchidee als Geschenk überreichte.

So war das also gemeint, dachte Paul, das ist schon alles cool.

Der Frau des Hauses gefiel auch die Idee mit der Orchidee im Marmeladeglas als Pauls Weiblichkeit: „Sie wird dich beschützen, beim Atem des Wassers und im Feuer, achte gut darauf, dass du sie immer dabeihast."

Paul borgte sich einen Schlafsack und eine Plastikplane aus, dann fing er mit den Vorbereitungen für sein Ritual an. Für die Hütte, die angezündet werden sollte, brauchten Paul und LOT Haselnusszweige. Als Preis für die Haselzweige war von den Geistern der Atem des Wassers genannt worden. In der physischen Welt hieß das, dass Paul eine Nacht unter den Haselnussstauden des kleinen Wäldchens schlafen musste, und die Luft, die er in dieser Nacht ausatmete, das war der Atem des Wassers. Das Geschenk dafür, dass die Haselnussstaude ihre Zweige für den Bau der Hütte am nächsten Tag gab und es ihr eine Ehre war, mitwirken zu dürfen. Paul baute sich aus dem Schlafsack und der Plane ein kleines Lager. Zum offiziellen Beginn des Rituals blies Paul mit einiger Kraft in das Großvaterverbindungshorn, dann folgten die Gebete, deren Text er ohne Schummelzettel hinbekam. Paul erinnerte sich auch an sein Versprechen Cybersun gegenüber, die Göttinnen nicht zu vergessen, und betete zu Vorfahren, Nachfahren, Tieren, Göttern, Göttinnen, Pflanzen und zu was ihm noch so einfiel. Schließlich richtete sich Paul ein Lager unter den Haselnussstauden ein. Die Orchidee im Marmeladeglas war bei allem, was er tat, seine ständige Begleiterin. Es war schon gegen Abend, als Paul sich von der Familie verabschiedete, um im Wald zu schlafen. Einer Gewohnheit folgend kontrollierte Paul nochmal sein Telefon. Es hätte ja sein können, dass sich Lizzy gemeldet hatte. Hatte sie aber nicht. Dafür hatte Mutter dreiundsechzigmal angerufen und zweiundneunzig SMS geschrieben.

ZET: Meine Mutter macht mich noch wahnsinnig.
Cybersun: Was isn los?
ZET: Das ist der totale Telefonterror! SMS Terror alles. Ich kann auch nicht gut mit dir chatten. Das geht die ganze Zeit so.
Cybersun: Dann sperr sie doch.
ZET: Wie sperren?

Cybersun erklärte Paul, wie er sein Telefon vor Stalkern

sperren konnte.

ZET: Okay! Das war notwendig.

Cybersun: Du Süßer?

ZET: Okay???

Cybersun: Ich hab eine Überraschung für dich ...

ZET: Ich kann jetzt aber keinen Cybersex machen.

Cybersun: Du Blödmann. Ich hab am Montag Geburtstag, du darfst mir etwas schenken.

ZET: Okay – Wie alt bist du eigentlich?

Cybersun: Das fragt man eine Dame nicht.

ZET: Okay.

Cybersun: Und hast du schon alles fertig.

ZET: Für heute schon. Ich bin schon echt gespannt.

Cybersun: Na dann, Reisende soll man nicht aufhalten.

ZET: Vielen Dank nochmal für die Orchidee im Marmeladenglas. Das ist mir eine große Hilfe.

Cybersun: Dafür bin ich da. CU

ZET: Gute Nacht.

Cybersun: Logoff

ZET: Logoff.

Cybersun: Logon.

Cybersun: 32

Cybersuns letzte Mitteilung würde Paul erst am nächsten Morgen lesen. Paul atmete tief durch. Es war nicht mehr viel Zeit bis Mitternacht. Die Familie hatte sich schon gewundert, was Paul noch so spät und alleine im Arbeitszimmer des Hausherrn zu tun hatte. Als Paul sich auf den Weg zu den Haselnussstauden machte, spürte er die ersten Regentropfen auf seine Haut fallen. Im schlimmsten Fall würde er sich eben unter die Plane legen und nicht wie ursprünglich gedacht darauf. Dann würde das schon klappen. So dachte Paul.

„Und, Sie können jetzt hier keine Vermisstenanzeige aufnehmen, Herr Inspektor?" Mutter war der Hysterie nahe: „Wozu sind Sie dann überhaupt hergekommen? Machen Sie irgendwas, ermitteln Sie! Mein Sohn ist nicht nach Hause gekommen! Suchen Sie ihn gefälligst Wozu bezahl ich denn Steuern?"

„Sophie, vielleicht solltest du dich wieder

beruhigen", versuchte Frau Dr. Dr. Sprenger ihr Glück.

„Eine gute Idee", sagte der Polizeibeamte.

„Ich will mich aber nicht beruhigen, wissen Sie nicht, wie oft ich meinen Sohn angerufen habe, ... und nie hab ich ihn erreicht!", kreischte Mutter und dann folgte in einem bittend unterwürfigen Ton: „Oder wollen Sie vielleicht hier bleiben, lieber Herr Polizist? Sie sind so groß und stark und so ganz ohne Mann im Haus, da fühl ich mich nicht sicher, aber bei Ihnen, da ..."

„Verzeihung, Gnädigste", erwiderte der Polizist. „Sie können Dienstagfrüh eine Vermisstenanzeige aufgeben, die meisten Vermissten kommen ohnehin innerhalb von drei Tagen wieder. Ihre Freundin bleibt jetzt auch noch bei Ihnen. Auf Wiedersehen."

„Nein, aber Sie, Sie können nicht ... einfach so ... Herr Polizist ..."

„Sophie, liebe Sophie, was hältst du davon, wenn wir alle Krankenhäuser anrufen, ob Paul möglicherweise einen Unfall hatte?", auch wenn Frau Dr. Dr. Sprenger nicht glaubte, was sie da sagte, und ihr schön langsam Zweifel am Verhalten Mutters kamen - sie hatte sicher schon irgendwann einmal darüber geschrieben -, so konnte sie Mutter zumindest beschäftigen.

„Alles nur das nicht ... Paul verletzt ... ich will nicht daran denken, und ja, wir machen uns sofort ans Telefonieren!"
Paul war schon lange ins Reich der Haselnussstauden entschwebt, als die beiden mit dem Telefonieren fertig waren. Erleichtert und doch sorgenvoll fielen beide auf dem Plastiküberzug auf der Wohnzimmercouch in einen unruhigen Schlaf.

In dem kleinen Lager, das sich Paul hergerichtet hatte, wartete bereits Großvater auf ihn: „Ich wusste, du wirst den Weg finden. Ich bin stolz auf dich, mein Enkel ... wir alle hier ... alle deine Großväter sind sehr stolz auf dich."

„Danke, Ungarnopa", murmelte Paul, während er sich in den Schlafsack kuschelte und sofort einschlief. Der Regen wurde leider nicht weniger. Es war so gegen halb zwei, als Paul aufwachte. Es war nass. Durch den Schlafsack durch war es richtig nass geworden. Paul versuchte eine Position zu finden, in der er die Nässe nicht so spüren musste und er weiterschlafen konnte. Das war gar nicht so einfach, musste er doch immer einen Weg finden, seine Atemluft ins Freie auszuatmen, damit diese zu den Haselnussstauden gelangen konnte. Paul versuchte, zusätzlich zum Schlafsack sich von unten in die Plane zu wickeln, was ihm nicht gut gelang. Überall auf der Plane bildeten sich kleine Rinnen, in denen das Wasser direkt in Pauls Schlafsack floss. Binnen kürzester Zeit war der Schlafsack durchnässt und Paul mit ihm. Paul dachte angestrengt nach. Wie lange würde es noch dauern, bis die Sonne aufgehen würde? Wie lange noch bis zum Aufstehen? Paul versuchte, sich zum Schlafen zu zwingen. Eigenartige Gedanken und Gefühle mischten sich mit Pauls Schlaf. Er konnte den Unterschied zwischen Traum und Wirklichkeit, Leben und Tod, Schlafen und Wachen nicht mehr wahrnehmen und der Regen wurde immer stärker. Diese Nacht wurde im wörtlichen Sinn dem „Atem des Wassers" gerecht. Paul griff sich mit beiden Händen an den Hals und versuchte, den Kopf von den Schultern zu heben, dabei merkte er, dass ihm

Kiemen gewachsen waren. Verzweifelt versuchte er, mehr Wasser in seinen Schlafsack zu bekommen, damit er nicht an Wassermangel ersticken würde. Gelichzeitig versuchte er, das Großvaterverbindungshorn vor Nässe zu schützen, was natürlich keinen Sinn machte, da früher in Ungarn aus Kuhhörnern getrunken worden war. Der Regen wurde immer heftiger. Paul schreckte hoch und fiel sofort wieder zurück in sein Aquarium. Erfreulicherweise konnte er sich in der Orchideenblüte verstecken. Zum Glück, denn in diesem Moment traf ihn der nächste Wasserschwall. Paul war nun in dem mit Wasser gefüllten Marmeladenglas sicher vor dem Regen. Seinen Kopf hatte er unter Wasser, damit konnte er endlich wieder atmen, während er im Wald, unter den Haselnussstauden schwebend, auf einer zirka fünfundzwanzig Zentimeter hohen Nebelwolke lag. Das Gefühl der Verbindung zur Orchidee im Marmeladeglas wurde immer intensiver, bis er schließlich zu einer Einheit mit seiner Blume verschmolzen war. Pauls Geist hatte gelernt, in einer Orchideenblüte zu überleben, er hatte gelernt, die Landkarte der Liebe zu entziffern.

Pauls Zauberstab sagte während dieser ganzen Nacht kein einziges Wort. Paul hatte knapp fünf Stunden auf dem Wasserlager gelegen. Die Sonne, die mit den ersten Strahlen des Tages durch das Blattwerk der Haselnussstauden blinzelte, ließ Paul fühlen, wie kalt ihm war. Durchgefroren, wie Paul war, brauchte er für den Weg zurück zum Haus, für den er normalerweise zwei Minuten brauchte, eine halbe Stunde. Paul fiel es schwer, seinen Körper zu bewegen. Im Haus war alles ruhig. Paul ließ sich in einen Polstersessel fallen, streifte langsam sein nasses Gewand ab, wickelte sich in eine Decke und war eine Stunde später so weit aufgewärmt, dass er sich einen Tee kochen konnte.

Cybersun: Lebst du noch?

ZET: Ja, als Eisbär ...

Cybersun: Erzähl! Ich bin total neugierig. Hat's bei euch auch geregnet?

ZET: Das glaub ich dir – du warst so sehr bei mir –

Cybersun: in der Orchideenblüte?

ZET: Genau – ich hab mich noch nie jemandem so verbunden gefühlt wie dir, und ja es hat geregnet.

Cybersun: Oh, nein – du Armer!

ZET: also, als ich gestern weg bin ...

Paul erzählte Cybersun von dem Regen, von dem Nebel, den Kiemen und von all den anderen seltsamen Dingen, die er in dieser Nacht erlebt hatte. Der Tee wärmte Pauls Hände, der Chat mit Cybersun wärmte Pauls Herz.

„Es scheint so, als müsste eine intensive Erfahrung mit dem Wasser der Feuerzeremonie vorangehen", es waren Lots freundliche Worte, die Paul aufweckten, nachdem er im Sessel erschöpft und übermüdet eingeschlafen war. „Komm frühstücken!"
Am Frühstückstisch wurde Paul von allen anderen wie ein Held begrüßt. Jeder wollte wissen, was Paul erlebt hatte, und Paul, der normalerweise eher schüchtern war, trat als ein wahrer Meistererzähler, der wild mit Händen und Füßen gestikulierte, auf. Es gab auch keine Cornflakes,

sondern Dinkelporredge mit frischen Früchten aus dem Garten, statt Porzellangeschirr und poliertem Silber, Holzschüsseln und einfaches Besteck.

SMS von Lizzy:

Sorry du Loser. Mein Bike ist kaputt. Ich kann dir nicht helfen. Viel Spaß, Ciao.

LOT sah Lizzys Nachricht. „Keine Angst, wir improvisieren was, ich lass dich da drinnen nicht verbrennen, Paul Thompson. Ich zieh dich schon raus."
Paul fiel ein Stein vom Herzen. Morgen um diese Zeit würde er von seiner großen bösen Geistin befreit sein. Dann schnitten Paul und LOT die Haselnussäste für die Hütte ab, steckten sie in die Erde, deckten sie mit Heu ein und bedeckten den Boden mit frischen Haselnussblättern.

„Willst du nicht probeliegen, Paul Thompson?"
Paul krabbelte in die Grashütte und fühlte sich sofort wohl. Alles war so fern. Alle Probleme waren unspürbar geworden. Nichts war mehr da, worüber Paul

nachdenken wollte. Nie mehr wieder würde Paul einen anderen Zustand erleben wollen.

„Es ist großartig", rief Paul nach draußen. „Komm rein."

„Nein, mein Freund, es ist deine Hütte, sie gehört dir ganz alleine … niemand anderes sollte sie betreten."

„Auch okay", antwortete Paul, „ich geh hier nie wieder raus."

Da mussten beide lachen.

„Noch was", begann LOT geheimnisvoll, „Cybersun hat mir etwas sehr Liebes für dich mitgegeben."

„Cybersun?" Paul fuhr hoch und schlug sich den Kopf an einer der Haselnussstreben. „Du hast sie tatsächlich gesehen? Wie sieht sie aus … Wie ist sie so, in echt?"

„Eh okay", antwortete LOT verschmitzt.

Sie hatten sich darauf geeinigt, dass Paul, nachdem er das Haus der Familie am Morgen verlassen hatte, in dem Zeitraum bis nach dem Ritual nicht mehr betreten durfte.

Bewusst oder nicht, Pauls Telefon war im Haus, damit war er für Cybersun auch nicht mehr erreichbar. Er würde sich morgen früh gleich nach dem Ritual bei ihr melden. Paul setzte sich vor seine Hütte und sah der Sonne beim abendlichen Farbenspiel zu. Die Sonne war gerade noch nicht untergegangen, als Paul ein Motorrad mit einem tiefen Blubbergeräusch den Weg zum Haus herauffahren hörte. Erst nach und nach erkannte Paul im Gegenlicht der untergehenden Sonne, wie groß und schwer die Maschine war, die sich näherte. Paul stand auf und ging langsam nach unten. Das musste eine Harley Davidson sein oder eine Indian Chief. Der Körperform nach zu urteilen, schien es eine Frau zu sein, die beim Abnehmen ihres Helmes die langen dunklen Haare von einer Schulter zur anderen schwang. Paul wollte wissen, wer diese Frau ist, wer es denn wagen könnte, die Vorbereitungen auf seinen großen Augenblick mit einem derart kitschigen Auftritt zu stören. Die Bikerin drehte sich zu Paul um.

„Lizzy!" Paul war außer sich vor Freude. „Lass dich umarmen."

„Halt mal ... eine Armlänge Abstand, Tiger, du kennst die Regeln für Loser."

Paul war das egal, er war so begeistert Lizzy zu sehen, dass er sie von Herzen umarmte und an sich drückte, sodass ihr kurz die Luft wegblieb.

„Es gibt keine Loser." LOT begrüßte Lizzy mit seiner ruhigen und tiefen Stimme.

„Ja, sorry, war Gewohnheit. Ich hab Hunger, wann gibt's was zu essen?"

LOT lachte: „Komm mit."

Sie waren schon fast beim Haus, als Lizzy sich umdrehte und theatralisch die Hände hob: „Hey Leute, und noch was, Lizzy is in the house ... Dieses Ritual heißt ab jetzt Okupiolizzy ... Klar? Kommst du nicht mit, Paul?"

LOT erklärte ihr das Ritual, während er ihr einen Gemüseeintopf kochte. Nach dem Essen kam Lizzy zu Pauls Hütte und setzte sich zu ihm. Sie hatten sich auch schon über ein Jahr nicht gesehen und jede Menge zu erzählen. Bald waren der Mond und die Sterne am Firmament zu sehen, die Zeit verging wie im Flug.

Kurz vor Mitternacht verabschiedete sich Lizzy: „Hey, kleiner Bruder, ich hab Maximum Respekt vor dem, was du da machst. Ich würd mich das nicht trauen, nie im Leben."

„Das musst du nicht", sagte Paul. „Du bist Fisch im Sternzeichen, ich bin Löwe, was meinst du, wie ich letzte Nacht gefroren habe."

Beide lachten.

„Dann bis morgen Früh, Schwesterherz. Und danke nochmal für alles." Paul legte sich in die Hütte. Nachdem es etwas kühl war, behielt er sein Gewand noch an, überzeugte sich davon, dass die Akkus der Kamera geladen waren, gab der Orchidee im Marmeladeglas seinen Platz und wollte eben seinem Stab ein Schlaflied singen, als er Lizzy von draußen flüstern hörte: „Du Paul?"

„Ja?"

„Dieser LOT, in welchem Zimmer schläft denn der genau?"

„Warum willst du das wissen?"

Lizzy hatte es ganz gut drauf, ihn zu verwirren. „Weil er süß ist und ich noch mit wem Quatschen will … wenn du weißt, was ich meine."

Paul konnte sich den Grinser auf Lizzys Gesicht gut vorstellen. Dann erklärte er ihr, wo LOT war. Kaum war es wieder ruhig um die Hütte geworden, hörte Paul zwei Tiere – Katzen, wie er meinte – miteinander kämpfen, die neben, über und hinter seiner Hütte einen harten Kampf gegeneinander ausfochten. Paul bemühte sich, keine Angst zu spüren. Wenig später war er eingeschlafen und die Katzen verschwunden.

Frau Dr. Dr. Sprenger und Mutter schenkten sich den ganzen Tag über gegenseitig sorgenvolle Blicke, wussten aber nicht recht, was zu tun wäre oder wie sie mit der Situation umgehen sollten. Schließlich gab Frau Dr. Dr. Sprenger dem Betteln von Mutter nach und verabreichte ihr ein Beruhigungsmittel, sodass sie in einen traumlosen Schlaf fiel, der sie vorerst von allen Emotionen befreite.

Es sollte Pauls, bis dahin in seinem Leben, seltsamste Nacht werden. Hätte er zu dieser Zeit gewusst, was eine Trance ist, so hätte er vielleicht besser damit umgehen können. So aber hielt er seinen Zustand für eine Art Wachtraum, in der er zuallererst in seine Orchidee im Marmeladenglas eintauchte und bei Cybersun rauskam. Nicht, dass er jetzt gewusst hätte, wie sie aussah oder wie er sie sich jetzt vorstellte. Er erlebte alles, was er mit ihr erlebt hatte, noch einmal. Er erlebte es noch einmal in der Geschwindigkeit, wie wenn man die Rückspultaste des Videorekorders gedrückt hielt. Von ihrem letzten Chateintrag am Telefon zurück bis zu ihrem „Nicht schlecht, Herr Specht!", den ersten Satz, den er von ihr im Chat gelesen hatte. Dann saß er auf einmal kerzengrade in der Grashütte und war hellwach. Es folgte der Rückspulvorgang mit allen Damen aus den unterschiedlichen Pornokanälen, zu denen er eine Taschentuchbeziehung unterhielt. Das war recht schnell vorbei. Paul saß wieder kerzengerade in seinem Bett aus Haselnussstaudenlaub. Natürlich wollte Paul das auch einmal ausprobiert haben, das mit dem Sex, also dem echten. Jetzt waren diese Damen an der Reihe. Und Paul sah sich selbst im Rückspulvorgang. Er dachte nämlich, mit mietbaren Damen hätte er das mit dem Sex dann auch drauf. Er wollte ja nicht als jemand gelten, der keinen Sex hatte. Er konnte das. Wirklich. Reinschieben, rausziehen, reinschieben, rausziehen, genau sechsunddreißigmal, dann war er fertig. Einmal hatte er sich verzählt und er war schon nach fünfunddreißigmal fertig gewesen, aber dann hatte er am Nachhauseweg noch einmal nachgerechnet und war auf sechsunddreißig gekommen. Da war dann die Welt wieder in Ordnung für den damaligen Paul. Dann hatte es wieder gestimmt. Wenn man vorher unter die Dusche ging und gleich nachher auch wieder, dann war da auch nichts Dreckiges oder Verschwitztes dabei und niemand bekam irgendetwas mit. Und er wollte immer, dass es hell dabei war, er wollte ganz sicher sein, wer da neben ihm im Bett lag. Dafür zahlte er dann auch gerne ein wenig mehr. Und Paul saß wieder kerzengerade in seiner Grashütte. Es folgten die unerfüllten Lieben der Unterstufe, das Händchenhalten am Schulskikurs, dann diese eine

Nachbarin, die Blonde von der Bande aus der Neubausiedlung, die Paul immer nackt an einen Baum fesseln und auspeitschen wollte, und schließlich die große Kindergartenliebe mit der Riesenbrille und den beiden Zöpfen, der Paul eine lila Stoffblume geschenkt hatte, bevor er durchs geöffnete Kindergartenfenster abhauen wollte. Doch draußen hatte ihn schon Mutter erwartet und ihn wieder zurückgebracht. Mutter! Paul saß nach seiner Trancereise wieder kerzengerade in der Hütte. Er hatte jedes Gefühl für Raum oder Zeit verloren. Er krabbelte zum Ausgang und schaute abwechselnd auf die Lichter des Dorfes unter ihm und die Lichter der Sterne über ihm. Der Mond war schon weitergezogen. Paul hatte das starke Gefühl, aus der Grashütte herausflutschen zu wollen, doch es hielt ihn eine Urkraft, die er nicht näher beschreiben konnte, davon ab. Paul hörte ein zartes Stimmchen in seinem Inneren, ein Stimmchen, das weder von Großvater, noch vom Stab, noch von der kleinen Orchidee kam.

Das Stimmchen kam von direkt unter ihm aus der Erde und sagte: „Es ist noch nicht Zeit, Paul, du bist noch nicht geboren worden."

In diesem Moment kam es Paul so vor, als würde er selbst den Sternenhimmel von oben betrachten.

Das ist er also, der Gesang des Herzens, von dem LOT gesprochen hatte, verstand Paul. Nicht der Gesang des eigenen Herzens, es ist der Gesang aus dem Herzen derjenigen, die einen liebt. Dafür muss man die Augen schließen.

Im Sternenhimmel unter ihm hatte ein Celloorchester Aufstellung genommen und spielte nur für ihn alleine. Zum ersten Mal konnte Paul diese Musik hören. Das waren sicher einhundert Celli, nein besser noch, eintausend. Paul konnte sie nicht zählen.

Er robbte wieder zurück und fiel sofort in eine Trance. Diesmal verhielt sich sein Körper sehr unruhig. Mutter und Frau Dr. Dr. Sprenger verabschiedeten ihn am Morgen zuvor. In seiner Trance folgte Paul allen

Begebenheiten, die er mit seiner Mutter erlebt hatte. Zurück durch die Zeit, durch alle Streite, die er mit ihr erlebt hatte, seit sie nach Wien gezogen waren. Alles Verrücktheiten von Mutter, die ihn als Kind schon nächtelang nicht schlafen ließen. Selbst in den Begebenheiten, in denen er so große Angst um Mutter hatte, als er sie als Kind nicht wachrütteln konnte, selbst diese Situationen und das Wiederdurchleben jagten Paul diesmal keine Angst ein. Zum ersten Mal fühlte sich Paul in dieser Situation nicht mehr hilflos. Paul ging immer weiter zurück, bis er irgendwann zuerst in seiner Mutter und dann in seinem Vater verschwand. Dann fiel Paul in einen tiefen Schlaf.

Nackt in Turnschuhen

„Uff – fast hätte ich verschlafen!"

Paul war erst durch das Knistern des brennenden Grases seiner Hütte wach geworden. Er zog sich, so schnell er es konnte, aus und legte sein Gewand neben sich. Es sollte ja mitverbrannt werden. Die Sonne stand schon in der zweiten Stunde am Himmel. LOT und Lizzy waren schon fast eine Stunde am Werken gewesen, bevor LOT die Grashütte in Brand gesetzt hatte. Da es in der Nacht etwas kühl gewesen war, war Paul ganz froh, das wärmende Feuer neben, hinter und vor allem über sich zu spüren. Die Flankerl, die herunterfielen und erst nach dem Aufkommen auf der Haut restlos verglühten, waren wie winzig kleine Nadelstiche, die keinen Schmerz verursachten. Paul sah dem Feuer von unten zu, wie es sich seinen Weg zur Spitze der Hütte brannte. Paul fühlte sich geborgen, gewärmt und hatte große Freude, dem Feuer beim Brennen zuzusehen. Wie oft im Leben würde man ein Feuer von unten beim Brennen beobachten können? Das alles waren warme schöne Gedanken, denen angenehme Gefühle folgten. Paul räkelte sich und verschränkte liegend die Hände hinter dem Kopf. Er fühlte sich sicher und geborgen, beschützt und ... Paul seufzte zufrieden, nichts konnte ihm hier passieren.

„F***, F***, F***, zieh mich raus, sofort! Sofort! Zieh, zieh raus, raus!"
Paul schrie.
Gleichzeitig versuchte er, auf dem Rücken liegend irgendwie aus der Hütte heraus zu robben. Doch er konnte sich aus eigener Kraft nicht vorwärtsbewegen. Es war so, als würde ihn jemand mit aller Kraft zurück und in der Hütte behalten wollen. Paul war ein hilfloses Opfer, das unter den verzehrenden Flammen des Ritualfeuers lag und das aus eigener Kraft die Hütte nicht mehr verlassen konnte. Er war auf die Hilfe seiner Schwester angewiesen.
Lizzy hatte ihren Posten am Eingang der Hütte nicht verlassen, seit LOT die Hütte angezündet hatte. Sie nahm Paul am ersten Stück, das sie von ihm zu fassen bekam,

an seinen beiden großen Zehen, und zog mit aller Kraft daran. Mit nur einem einzigen Ruck zog Lizzy Paul aus der brennenden Hütte. Trotz aller Not hatte sich Paul die Orchidee im Marmeladeglas und seinen Stab geschnappt und hielt beides fest in seinen Händen. Paul lag vor der brennenden Hütte, es war alles gut gegangen. Inzwischen war auch LOT zu den Geschwistern gekommen. Paul legte sich auf die Decke, die LOT zuvor neben die brennende Hütte gelegt hatte und deckte sich mit einer zweiten zu. Lizzy hatte ihm seine Turnschuhe neben die Decke gestellt.

„Da hattest du wohl eine Panikattacke, Bruderherz. Egal, ich bin stolz auf dich."
Im Geheimen bewunderte Lizzy ihren Bruder. In etwa wieder so, wie sie das getan hatte, als sie beide noch kleine Kinder waren. Das Feuer brannte mit einer unglaublichen Intensität.
„Meine böse Geistin, schau Mal, Lizzy, sie verbrennt!", Paul fühlte sich unbeschreiblich.

„Schön, dass du es auch sehen kannst, Paul Thompson", antwortete LOT an Stelle von Lizzy.

Die Videoaufzeichnung des Hausherrn wird später zeigen, dass nur sechs Sekunden später brennende Teile in der Größe von Pauls Brustkorb von der Spitze der Hütte im Vollbrand nach unten gefallen waren. Wäre Paul nicht rechtzeitig herausgezogen worden, hätte er sich schwere Brandnarben bis hin zu Hauttransplantationen eingehandelt.

So aber sah Paul dem Feuer zu, wie es alles verbrannte, was in seinem Leben, nicht mehr da sein sollte. Schließlich war die Hütte ganz niedergebrannt. Die Kamera, die Paul in die Hütte mitgenommen hatte, hatte er in der Eile dort vergessen. Sie war ein Opfer der Flammen geworden. Professor Kremser würde wohl an jemand andern mit derselben Bitte herantreten müssen. All das, was Paul belastet hatte, war in Rauch aufgegangen. Paul empfand es so, als wären alle Gefühle, die er sein Leben lang in sich unterdrückt hatte, in Rauch aufgegangen. So, als hätte er das alles endlich los- und in Zukunft hinter sich gelassen.

Das Großvater-verbindungshorn hatte Paul vorsorglich erst gar nicht in die Hütte mitgenommen.

„Zeit für die Badewanne, Paul. Es ist Zeit für Cybersuns Überraschung."

„Wie jetzt – ist die hier?"

„Nein, ich hab dir eine Badewanne eingelassen und Cybersun hat mir für dich eine Orangenblütenbadeessenz mitgegeben. Eine Orchideenessenz war leider nicht zu kriegen, hat sie gemeint."

„Ich komme gleich, ich will zusehen, wie alles bis auf den letzten Rest verbrannt ist ...", meinte Paul.

„Lass dir nicht zu lange Zeit, ich geh jetzt jedenfalls schlafen, ich war die ganze Nacht wach. Bis später, Paul Thompson, und danke, dass ich bei deinem großen Moment dabei sein durfte", verabschiedete sich LOT fürs Erste.

Lizzy war nicht mehr zu finden, aber das war nichts Ungewöhnliches. Sie war, so wie Paul sie gebeten hatte, zur richtigen Zeit am richtigen Ort gewesen.

Nachdem auch das letzte Flämmchen erloschen war, ging Paul ins Haus. Er ging nackt, nur mit seinen Turnschuhen bekleidet, mit seiner Orchidee im Marmeladeglas bewaffnet in der Hand und neu geboren über die Wiese zurück zum Haus. Dort suchte er zuerst sein Telefon. Er widerstand der Versuchung, sich als Erstes in den Chat einzuloggen und sich bei Cybersun zu melden.

Stattdessen setzte sich in den großen Polstersessel im Wohnzimmer und benutzte sein Telefon als Notizblock:

Irgendwann im Lauf der Nacht hab ich gemerkt, wie diese Blüte unwichtig geworden ist. Wie sie sich mit mir vereinigt hat. Ihre Energie war unbrauchbar geworden. Sie war zu einem Teil von mir geworden, den ich nicht mehr im Außen, sondern nur mehr im Innern wahrnehmen kann. Authentisch. Klar. Rein. Jetzt, wo ich völlig nackt, nur in Turnschuhen bekleidet mit einem Marmeladeglas in der Hand – in dem eine kleine

Orchideenblüte schwimmt — über eine Wiese gehe, wird mir klar, dass es zwischen mir und ihr keinen Unterschied mehr gibt. Ich bin sie und sie ist ich. Ich spüre keine Angst mehr in mir. Es ist nichts Großes, nichts Heroisches. Es ist etwas Stilles, etwas Ruhiges, etwas, das mir Sicherheit gibt, in mir zu ruhen. Ich habe viel gesehen in der letzten Nacht — viele Besuche erhalten. Die Angst vor der Blüte ist verschwunden, wir haben uns vereinigt. Für immer. Für dieses Leben und darüber hinaus. Ich bin derjenigen dankbar, die diese Blüte ist. Sie ist ein Teil von mir geworden und ich von ihr. Es ist neu, so zu fühlen. Sich lieben zu lassen, ohne argwöhnisch zu sein. Es ist neu, sich lieben lassen zu können. Das kannte ich bisher nicht. Von Frauen kannte ich es nur, mich hassen zu lassen. Es ist ein Samen dieser Blüte in mir, der wachsen muss in meinem Bauch, im Bauch der eigenen Mutter, die ich für mich bin. Die ich für mich geworden bin. Ich brauche keine andere Mutter mehr als mich.

Spätestens jetzt war Paul klargeworden, dass Cybersun nicht hätte mitkommen dürfen. Sie hätte mit allem in ihrem Leben zu viel Aufmerksamkeit auf sich gezogen und wäre so nur eine Ablenkung für Paul gewesen, die die Durchführung des Rituals gefährdet hätte und am Ende die nächste Frau gewesen wäre, die in Paul nur ein Hassobjekt gesehen hätte. So wie er das von seinen frühesten Kindertagen an, von seiner Mutter gelernt hatte.

SMS an Cybsun:
Alles gut gegangen. Ich lebe. Keine Brandverletzungen.
☺ *Bin tot – gehe jetzt in die Badewanne und dann schlafen. Danke für das Orangenöl. Paul.*

Cybersun antwortete auf diese SMS nicht.

LOT hatte die Badewanne einlaufen lassen und das Wasser mit den unterschiedlichsten Kräutern angereichert. Paul leerte das Fläschchen Orangenessenz dazu und stieg in die Badewanne. Das warme Wasser tat ihm gut. Paul entspannte sich. Das Adrenalin in seinem Körper ließ langsam nach. Paul kämpfte mit dem Sekundenschlaf, er musste sich dazu zwingen, die Augen offen zu halten. Fast wäre Paul in der Badewanne eingeschlafen. Gerade noch rechtzeitig beendete er sein Bad und ließ das Wasser mit allem, was es mitnahm, wieder aus der Wanne laufen. Dann legte Paul sich schlafen. Frisch gewaschen und neu geboren.

Später am Tag kam wieder Leben in das Haus. Die Reste von LOTs Gemüseeintopf wurden gegessen und es kam die Zeit des Aufräumens, des Badewannenputzens und die Zeit des Abschieds. Paul bedankte sich in aller Form und Herzlichkeit beim Hausherren und seiner Frau.

Lizzy umarmte Paul freundlich: „Ich weiß, du würdest dasselbe für mich tun, aber für so etwas bin ich zu sehr ein Angsthase ... aber, hey, gib mir 1600ccm und 61PS und in meinen Adern fließt Benzin." Lizzy gab Paul ihre Visitenkarte. „Wir sind so eine Schraubertruppe, wir schrauben auch für andere, also, wenn dann ‚Born to be wild' bei dir am Plan steht, dann will ich dich da sehen, Bruderherz. Oder du kommst auf einen Kaffee ... ist beides okay.“

„Ausgemacht“, antwortete Paul. „Vorher probier ich's noch mit dem Führerschein.“ Lizzy verstaute ihre Haarpracht in ihrem Helm und ging zu ihrer Harley.

„Ich wollte dich das die ganze Zeit schon fragen: ‚Was heißt eigentlich LOT?‘“

„Das ist mein Name, nach der Clanmutter der Kiowa, nach der ich initiiert wurde. Bei mir ist das die siebte Clanmutter: Die, die alle(s) liebt. Auf Englisch: Love Oll Things. Abgekürzt also LOT.“

„Aber das ist ein Übersetzungsfehler, LOT, es müsste LAT heißen“, war Paul verwundert.

„Eben“, sagte LOT, „dann kommen sie nicht so schnell dahinter … dann hab ich meine Ruhe … irgendwann erwischen sie dich dann sowieso. Wenn jemand zu mir kommt und mich einlädt, ihn dabei zu unterstützen, damit er oder sie sich selbst mehr lieben kann, dann bin ich in der Verantwortung der siebten Clanmutter, ihm oder ihr zu helfen, egal ob sie mich nachher dafür hassen, weil sie sich was Anderes erwartet haben … aber das ist dann deren Ding. Und jetzt mach, dass du nach Hause kommst, da wartet schon ein neues Leben auf dich. Alles Gute, Paul Thompson, war schön mit dir."

„Alles Gute, LAT, dir auch."

Dann stieg LOT leicht wankend, er hatte wohl ein oder zwei Bier zu viel zum Gemüseeintopf getrunken, auf den hinteren Sitz von Lizzys Motorrad. Das tiefe Blubbern des Auspuffs war noch zu hören, als die beiden schon lange nicht mehr zu sehen waren.

Während Paul am Bahnhof Altlengbach auf den Zug wartete, um nach Wien zurück zu fahren, war er noch immer in den Ereignissen, des Wochenendes gefangen. Obwohl er sich zwischendurch fragte, was sich denn nun in seinem Leben ändern würde beziehungsweise was sich schon geändert hatte, war es ihm nicht wichtig, dafür eine Antwort zu finden. In Paul war alles ruhig. Seine Seele hatte sich zum ersten Mal in seinem Leben entspannt. Paul nahm alles rund um sich in einer eigenartigen Zeitlupe war. War die Nacht zuvor sein ganzes Leben oder zumindest das, das mit Frauen zu tun hatte, im Schnelldurchlauf zurückgespult worden, so bewegte sich sein reales Leben in Zeitlupe vorwärts. So kostbar waren die Momente seines neuen Lebens, dass er nicht satt wurde, sie so lange wie möglich auszukosten. Diese Zeitlupe setzte sich fort, als er zu Hause ankam. Mutter und Frau Dr. Dr. Sprenger machten irgendein Gezeter, das Paul, der in seiner Zeitlupenblase steckte, nicht erreichen konnte. Ohne sich aufhalten zu lassen ging er in sein Zimmer und sperrte ab. Er wollte nicht einmal in Gedanken darüber spekulieren, ob ihn die beiden wieder des Rauchens verdächtigten oder ob sie mit detektivischem Spürsinn herauszufinden versuchten, warum er nun andere Kleidung trug als am vergangenen Freitag. Paul stellte die Orchidee im Marmeladeglas auf seinen Schreibtisch und beleuchtete sie mit der Schreibtischlampe. Seinen Stab und sein Horn legte er aufs Bett. Alle anderen Lichter im Raum ließ Paul abgedreht. Nur der Mond war durch das geschlossene Fenster zu sehen. Er war so sehr in einer anderen Welt, dass ihm die Rückkehr in sein altes Leben seltsam surrealistisch vorkam. So fremd, dass er nichts mehr damit zu tun haben wollte.

Paul war an diesem Abend noch lange wach. Keine Mutter, keine Therapie, kein Chat würden ihn heute ablenken. Paul saß mit geschlossenen Augen da und hörte Musik. Paul versuchte, so viel von den Gefühlen, die er nach dem Ritual gespürt hatte, in die wirkliche Welt mitzunehmen und hier, vor allem hier, immer und immer wieder zu fühlen und nachzuspüren. Irgendwann ließen auch die Vibrationen der kleinen Erdbeben nach, die entstanden waren, weil irgendjemand von außen an Pauls Zimmertüre hämmerte. Paul wartete noch, bis es ganz still geworden war in der Wohnung, bevor er nach unten ging, um sich in der Küche einen Kakao zu kochen. Die Türe zum Wohnzimmer stand einen Spalt breit offen. Frau Dr. Dr. Sprenger war über ihren Patientenakten eingeschlafen. Nun hatte sie sich auf dem Sofa ausgestreckt und nur notdürftig zugedeckt. Als Paul sie da so liegen sah, kam sie ihm sehr friedlich vor. Der Mond warf ein silbernes Seitenlicht auf Mutters Nippes-

Sammlung. Da waren allerlei Figuren aus Porzellan: Corgies, Ballerinas, einige Musiker und natürlich die obligatorischen Engel. Die Corgies fletschten die Zähne, als sie Paul sahen, konnten aber nichts tun, waren sie doch in ihrer künstlichen Starre gefangen. Paul erkannte sich selbst in diesen Nippes-Figuren wieder. Er war genauso ein künstliches Geschöpf, wie diese Figuren. Jemand, den man herausputzte zum Herzeigen, dessen Außenhaut so viele Brennprozesse durchlaufen hatte, dass diese so hart geworden war, dass kein einziges noch so kleines Gefühl von innen nach außen dringen konnte. War es Pauls bisheriger Wunsch gewesen, so gefühlskalt wie möglich zu sein und so wenig wie möglich von seiner Gefühlswelt nach außen dringen zu lassen, so hatte sich dieser Wunsch nun in ein Gefühl gewandelt, das es ihm ermöglichte, jedem offen und frei zu begegnen. Paul war stolz auf seine Gefühle und er war stolz darauf, sie mit allen Sinnen wahrzunehmen. Paul nahm seine Tasse Kakao mit nach oben, öffnete das Fenster und lehnte sich in den Fensterrahmen. Die ganze Stadt schien den Frieden, den er im Herzen trug, übernommen zu haben.

Paul schloss die Augen und hörte einem einsamen Cello zu, das mitten in der Nacht, irgendwo in seiner Nachbarschaft, bei weit geöffnetem Fenster, ein wehmütiges Konzert für den Mond spielte. Seine Haare schimmerten silbern im Mondlicht. Hätte Paul sich selbst im Fensterrahmen lehnend sehen können, wäre er sich ein wenig wie sein eigener Großvater vorgekommen und er hätte gesehen, wie der Schein des Mondlichts seine Haare viel länger erscheinen ließ, fast bis zu dem Heckenrosenstrauch, der Paul zuvor schon so wertvolle Dienste geleistet hatte.

Frau Dr. Dr. Sprenger hatte in dieser Nacht eigenartige Träume von jungen Männer, die in der Nacht in ihr Schlafgemach eindrangen. Sie würde diese Träume noch Wochen später nicht restlos analysiert haben und irgendwann eine Arbeit darüber verfasst haben.

Die Zeitlupenblase brachte Paul ohne Zwischenfälle in die Bibliothek. Obwohl hier alles der Arbeitsroutine folgte, war es für Paul so, als würde er auch hier ein neues Universum betreten. Auf einmal konnte er auch alles fühlen, was rund um ihn herum passierte. Cybersun war sauer, hatte er sich doch fast zwei Tage nicht bei ihr im Chat gemeldet.

Cybersun:
Ich feiere meinen Geburtstag heute. Ich habe keine Zeit zum Chatten – vor allem für dich! Und das nach allem, was ich für dich getan habe!
Cybersun: Logoff.
ZET: Komm schon ... sei nicht sauer.
Cybersun: Logon.
Cybersun: Ich bin nicht SAUER!!!!!! ICH NICHT!!!!!!
Cybersun: Logoff.

Paul dachte angestrengt darüber nach, wie er das wieder in Ordnung bringen könnte. Schließlich mochte er Cybersun und sie war ein wesentlicher Bestandteil seines Rituals gewesen.

„Verzeihung, ich würde gerne diesen Zettel hier aufhängen." Die Studentin, die sich letztens mit ihrem Cello durch die Bibliothek gekämpft hatte, war auf der

Suche nach einer Mitbewohnerin.

„Heute ohne Cello unterwegs?", wollte Paul zuvor wissen.

„Ja, klar, und wie läuft die Unterhaltung mit Ficus elastica so?", antwortete sie lachend. „Ich bin Petra, die Spätstudierende." Sie reichte ihm die Hand

„Was? Ich bin Paul, der ... äh ... gar nicht Studierende." Als Paul ihre Hand nahm, durchzuckte ihn ein Gefühl, von dem er noch nie etwas gefühlt hatte. Es war ein bisschen wie ein Blitz, während dem die Zeit in der Zeitlupenblase stehenblieb und begann, sich unendlich auszudehnen. Ein Gefühl, das Angst und Freude gleichzeitig war, Lachen und Weinen, Sonnenschein und Regen.

„Ficus elastica ... der Gummibaum ... das ist nur der lateinische Name."

„Ach so, ja, natürlich", versuchte Paul, seine Verlegenheit in dieser Situation zu überspielen. „Da hinten ist das schwarze Brett, da können alle Studenten etwas aufhängen ... Und im Moment singt er gerade ein Lied, der Gummibaum."

„Ich weiß", antwortete Petra, „die Lieder der Gummibäume erzählen immer wehmütige Geschichten aus Indien. So eine Art Gummibollywood."

Bei der Vorstellung eines anschmachtenden Liebestanzes des Gummibaums im Bollywood-Stil, mussten beide herzlich lachen. Paul unterstützte Petra beim Aufhängen ihres Zettels mit bibliothekseigenem Klebeband. Es waren Petras Eltern, die in der Gärtnerei noch ein Zimmer frei hatten, das sie nun einem jungen Mädchen gegen Mitarbeit in der Gärtnerei anboten. Petra dachte, das wäre Spitzengelegenheit für eine Mitstudentin, die für alle Seiten Vorteile brächte.

Gegen Mittag rief Paul einen Kollegen aus der IT-Abteilung der Universität an.

„Du weißt schon, dass das nicht ganz legal ist, was ich hier machen soll ...", sagte sein Kollege aus der IT.

„Hm, ja, das hab ich vermutet, aber wer weiß, wie oft man im Leben so eine Frau trifft?", antwortete Paul.

„Genau genommen brauchst du mich, um sie treffen zu können, aber solange du dich nicht in die

Bundesregierung hacken willst, soll's mir recht sein."

Paul war hocherfreut: „Das heißt, du hilfst mir?"

„Ja, Mann, ich bin gleich bei dir drüben."

Der IT-Techniker der Universität sah von außen betrachtet so aus, als würde er ein computerinternes Problem lösen. „Du musst sie aber online kriegen, sonst kann ich ihre IP nicht anpingen."

„Was?"

„Chatte mit ihr, dann gibst du mir die Tastatur."

ZET: Tschuldigung?

ZET: Verzeihung?

ZET: Sorry?

ZET: Es tut mir leid?

ZET: Vergib mir?

ZET: Wieder Freunde?

Cybersun: Logon.

Cybersun: Aber nur, weil ich heute Geburtstag habe!

Entschuldigung akzeptiert.

ZET: Happy, Happy Birthday, Cybersun!

Der IT-Techniker hatte die Tastatur übernommen und sofort ging in Pauls Computer ein kleines schwarzes Fenster auf, in dem noch viele kleinere, grüne Nummern zu lesen waren.

„Und haben Sie das Ritual durchgeführt, Herr Thompson?"

Wie macht dieser Kremser das immer nur, dass er ohne Vorwarnung irgendwo auftaucht, erschrak Paul. „Ja, Herr Professor, das hab ich", sagte Paul nicht ohne Stolz. „Die Kamera ist leider mitverbrannt. Ich konnte das nicht mitfilmen."

„Das ist schade", erwiderte Professor Kremser. „Würden Sie mir einen Gefallen erweisen?"

„Sicher, wenn es sich einrichten lässt, gerne." Professor Kremser war Paul immer schon sehr sympathisch gewesen.

„Hier ist die Adresse, die du wolltest, ich muss wieder zurück in die IT. Herr Professor!" Der IT-Techniker gab Paul einen kleinen Zettel, auf dem ein Name und eine Adresse standen. Paul starrte gebannt auf den kleinen

Zettel. Das war sie, die Wohnadresse von Cybersun oder, wie sie im wirklichen Leben heißen würde, Sunja – er würde sie heute noch persönlich kennen lernen und ihr zum Geburtstag gratulieren.

„Würden Sie für mich einen Bericht schreiben?", fragte Professor Kremser. „Ich bin sehr daran interessiert, wie Sie das Ritual empfunden haben."

„Sie wissen, dass ich kein Wissenschaftler bin, Herr Professor?", Paul war sich nicht sicher, was Professor Kremser meinte.

„Ich würde davon ausgehen, dass die Menschen in Angola, die diese Rituale durchführen, meistens auch keine Wissenschaftler sind", antwortete Professor Kremser augenzwinkernd. „Mich würde vor allem interessieren, wie sich jemand fühlt, der aus so einer brennenden Hütte herausgezogen wurde, also ihr persönliches Erleben, Herr Thompson."

„Erleichtert fühlt man sich", sagte Paul und fuhr fort, „ja, klar, das mach ich gerne." Paul schien diese Aufgabenstellung lösbar. Dann verschwand Professor Kremser in den Tiefen der Universitätsbibliothek für

Kultur und Sozialanthropologie.

Cybersun: Ist grade viel los in deiner Bibliothek? Mein Kind ist beim Erzeuger. Ich hab den ganzen Nachmittag frei. Kann gerade gut chatten.

ZET: Ich hab eine Überraschung für dich.

Cybersun: Das ist nicht fair. Ich bin so neugierig. Bitte!

Cybersun: Bitte, bitte!

ZET: Moment, ich muss kurz weg.

ZET: Logoff.

Paul griff zum Telefon: „Ich bin's, der Paul aus der Bibliothek. Verzeihung, wenn ich so über dich herfalle, aber deine Eltern haben doch diese Gärtnerei?"

„Ja, klar, was brauchst du denn?" – Pause – „Paul?"

„Rosen, weiße Rosen ..."

„Kein Problem ... wann und wo?"

„Ich brauch dreihundertzwanzig weiße Rosen, heute Nachmittag noch."

„Hahaha, du bist verrückt, Paul, auf eine gute Art

verrückt. Ich schätze, das müsste klappen … da hast du echt Glück, aber du müsstest die Rosen selber abholen kommen. Ich meld dich bei Mama und Papa an."

Paul fiel ein Stein vom Herzen.

„Danke! Ich komm zu der Adresse vom Zimmerinserat?"

„Ja, klar, und ich will wissen, wer die Glückliche ist, die das verdient hat, das, wovon jede Frau träumt."

„Bis gleich."

Wenn die wüsste, dachte Paul, dass ich diese Frau noch nie in meinem Leben gesehen habe und mich ihr trotzdem so verbunden fühle, dann hält sie mich für wirklich verrückt.

„Danke", sagte Paul und legte auf. Er ging in das Zimmer der Chefin. Paul hatte noch einige Überstunden abzubauen, und es sah so aus, als würde in der Bibliothek nicht mehr allzu viel los sein. Die sonst so gestrenge Chefin war zwar ein wenig verwundert über den Enthusiasmus, mit dem Paul seine Bitte vortrug, bewilligte aber schließlich sein Ansuchen.

Cybersun: Bist du noch da?? Blöde Überraschung!

Cybersun: Logoff.

Paul kam mit Petras Inseratenzettel in die Gärtnerei und stand etwas hilflos in der Gegend herum. Petras Mama entdeckte Paul, sah, dass er wegen des Inserats da war, ließ das Umtopfen sein und kam zu Paul.

„Auch, wenn Sie wegen des Zimmers gekommen sind, wir vermieten nur an junge Damen. Sie sind doch wegen des Zimmers hier? Wenn Sie schon den weiten Weg gemacht haben, können Sie es wenigstens anschauen. Vielleicht kennen Sie ja eine Studentin, die ein Zimmer brauchen kann. Kommen Sie. Kommen Sie." Noch bevor Paul etwas sagen konnte, hatte ihn Petras Mutter schon im Schlepptau und zeigte Paul das Zimmer.

Petras Mutter, war eine freundliche aber resolute Frau, die wusste, was sie wollte, und wenn sie dabei war, das umzusetzen, was sie wollte, schwand ihre Diskussionsbereitschaft. Paul hatte keine andere Möglichkeit, als mitzuspielen. Zudem war es ihm ein Bedürfnis, vor Petras Mutter einen höflichen Eindruck zu machen, und so gab er sich, was das Zimmer betraf, interessiert. Es war ein einfach eingerichtetes Zimmer im oberen Stockwerk des Hauses und hatte in etwa die Größe von Pauls Zimmer bei Mutter. Ein Blick aus dem Fenster des Zimmers zeigte allerdings nicht die Straßenschluchten eines Innenstadtbezirks, sondern das Glashaus der Gärtnerei, hinter deren Glasscheiben die unterschiedlichen Farben und Formen der verschiedenen Pflanzen verschwommen wahrnehmbar waren. Paul öffnete das Fenster und schloss die Augen. Das Erste, was Paul auffiel, war die Ruhe, die nur vom Gezwitscher der Vögel und dem Zirpen der Grillen unterbrochen wurde.

„Ich werde Sie dann einen Moment alleine lassen, ich muss zurück ins Geschäft", zog sich Petras Mutter zurück.

Die Gärtnerei war nur eine halbe Stunde vom Stadtzentrum entfernt und trotzdem hatte Paul das Gefühl, nicht mehr in der Stadt zu sein. Alles, was in der Stadt war, war in diesem Moment weit entfernt von ihm. Dann ging er wieder nach unten.

„Da bist du ja, komm, ich will dir meinen Papa vorstellen", freute sich Petra, Paul zu sehen.

Petras Vater war eine männliche, ruhigere Variante seiner Frau. Petras Eltern war das gemeinsame Leben mit allen Höhen und Tiefen, die sie zusammen erlebt hatten, anzusehen. Dieses Leben war vor allem eines gewesen: gemeinsam. Petras Vater ließ es sich nicht nehmen, Paul die Gärtnerei zu zeigen, bis sie schließlich vor einem Tisch mit dreihundertzwanzig weißen Rosen standen. Paul war von der Riesenansammlung Rosen mindestens genauso beeindruckt, wie von der Gärtnerei. „So und jetzt?", fragte Petra.

„Was meinst du?" Paul war etwas verwirrt.

„Jetzt packst du all die schönen Blumen in die Straßenbahn und fährst wohin?"

„Ach, das?", sagte Paul. „Wie macht man das normalerweise? Also, wenn ich dich als Expertin das fragen darf?"

„Ja, klar. Ich bin die Expertin für die Zustellung von dreihundertzwanzig weißen Rosen ... ich hab nie was Anderes gemacht!"

„Bitte!", flehte Paul sie an, der in seinem Plan überhaupt nicht bedacht hatte, wie die Rosen zu Cybersun gebracht werden sollten.

„Ich kann mir Papas Pritsche ausborgen ... aber dafür hilfst du mir, jemanden für das Zimmer zu finden."

„Kein Problem", sagte Paul. „Was immer dir hilft!"

„Und", fuhr Petra fort, „mit Rosen alleine ist es noch nicht getan, wir brauchen noch eine Flasche Champagner für deine Angebetete und eine Vase, eine große Vase, sonst werden die nicht sehr lange leben, die Rosen."

Als sie alle Blumen auf die Pritsche geladen hatten, hatte Petras Papa die ultimative Vasenidee. Ein runder Mörteltrog war groß genug für alle Rosen. Der wäre auch leicht zu transportieren und in der Nachbarschaft war ein Baumarkt. Petra ging ins Büro um die Wagenpapiere zu holen.

„Nun bist du angekommen."

„Ungarnopa!", freute sich Paul.

„Wer angelangt am Ziel, sorglos und ganz befreit, wer alle Fesseln brach, für den gibt es kein Leid", antwortete Großvater gedankenverloren.

Woher nimmt der immer nur diese schlauen Sprüche, dachte sich Paul.

„Diesen Spruch?", fragte Großvater nach. „Der ist von Dhammapada ... wir trinken öfters Tee zusammen.

„Ah, ja! Ich verstehe." Doch Paul war viel zu aufgeregt, um über Dhammapadas Spruch nachzudenken.

Großvater fühlte sich in den Rosenblütenkelchen sichtlich wohl.

„Ist es wieder spannend?"

Paul schreckte von seinem Gespräch mit den Rosen hoch.

„Wir müssen dann los", erinnerte Petra ihn an seine Mission. Sie dachte allerdings an etwas ganz Anderes, an etwas, das ihre Mutter kurz zuvor zu ihr im Büro gesagt hatte: „Mach dir keine Sorgen, Petra, wer weiße Rosen schenkt, der liebt diese Frau nur platonisch, oder er hat von beidem keine Ahnung, weder von Frauen noch von Blumen."

„Mama! … Ich muss jetzt los!", hatte sie nur geantwortet.

„Denkst du, man kann jemanden lieben, den man noch nie gesehen hat?", fragte Paul.

„Keine Ahnung", antwortete Petra. „Was hast du denn für ein Gefühl?"

„Keines", sagte Paul, „keines, dem ich trauen würde."

„Sieht aus, als ob du's ausprobieren musst, Casanova", versuchte Petra ihn mit einem Ratschlag unterstützen.

Sie philosophierten auf dem Weg zu Sunja noch weiter.

„Wir sind da, Papa braucht die Pritsche gleich wieder … Alles Gute, Paul."

„Danke für alles, Petra!" Paul nahm seinen rosengefüllten Mörteltrog mit fast zwei Metern Durchmesser von der Ladefläche.

„Keine Ursache, ich will wissen, wie diese Geschichte ausgeht!", rief ihm Petra, im Davonfahren winkend, zu.

Paul trug die Rosen in den zweiten Stock des Mietshauses. Er drapierte die Champagnerflasche in Mitte der Rosen zusammen mit einer Karte. Dann stellte er alles zusammen vor Sunjas Wohnungstüre ab.

ZET: Hattest du einen schönen Geburtstag bis jetzt?

Cybersun: Geht so. Wenn ich dann mal ohne Kind bin, will ich eigentlich nur schlafen.

ZET: So schlimm? Nichts mit ein bisschen Party?

Cybersun: Ich muss ja am Abend wieder hier sein. Mein Ausgang dauert nicht so lange.

ZET: Und wenn die Party zu dir kommt?

Cybersun: Hier bin aber nur ich ...

ZET: War nur eine Frage ...

Cybersun: Wer soll denn kommen?

ZET: Wenn ich heute Geburtstag hätte, würd ich jetzt gern ein Glas Champagner trinken.

Cybersun: Wäre nett. Irgendwie bist du komisch gerade.

ZET: Komisch?

Cybersun: Ja, keine Ahnung, anders eben.

ZET: Auf eine gute Art verrückt, wurde mir heute schon gesagt.

Cybersun: Keine Ahnung, so gut kenn ich dich ja nicht.

ZET: Und was machst du heute noch?

Paul drückte den Klingelknopf zu Sunjas Wohnung und versteckte sich im Treppenhaus.

Cybersun: Moment, ich muss zur Tür.

„Aaaaaaaaaaaaaaaahhhhhhhhhhhhh!"
Sunjas Schrei nach zu urteilen, war Paul die Überraschung gelungen. Paul kam aus seinem Treppenversteck heraus.
„Aaaaaaaaaaaaaaaahhhhhhhhhhhhh!"
Sunja, die gerade die Karte untersuchte, sprang zurück in die Wohnung und knallte Paul die Wohnungstüre vor der Nase zu. So hatte sich Paul das nicht vorgestellt. In seiner Vorstellung würde Sunja sich beim Anblick der Rosen in ewiger Liebe nach ihm verzehren und vom Glanz seiner

scheinenden Rüstung so geblendet sein, dass sie ihm bis zum Ende seines Lebens jeden Wunsch von seinen Lippen ablesen würde. Pauls romantische Vorstellung hatte irgendwie ein bisschen die Realität verfehlt. Paul hatte offenbar einen Menschen völlig vergessen miteinzubeziehen, nämlich Sunja. Die hatte sich ungefähr entgegengesetzt zu dem, was Paul erwartete hatte, verhalten.

Paul klopfte vorsichtig an die Wohnungstüre. Ein unsicheres „Ja?" drang vom Inneren der Wohnung nach draußen.

„Ich bin's, ZET, Zombiedeath Eternity, also Paul, vom Zombiechat, das war meine Überraschung."

„Okay, bin überrascht", kam die Antwort von innen, „und jetzt?"

„Keine Ahnung, du könntest die Türe aufmachen?", fragte Paul vorsichtig.

„Das geht auf keinen Fall", sagte Sunja sehr bestimmt.

„Warum?"

„Weil ich total verheult aussehe ... So kann ich mich doch niemandem zeigen!" „Was?", verstand Paul die Welt nicht mehr.

„Das ist das Schönste, das jemals, jemand für mich getan hat. Wenn ich die Türe aufmache und die Rosen sehe, dann muss ich heulen, weil das so lieb und so schön und so ...", schluchzte Sunja.

„Wenn du willst, dann geh ich wieder ...", sagte Paul.

„Nein, bleib, nicht weggehen", sagte Sunja schnell.

„Was soll ich denn jetzt machen?", fragte Paul, der völlig aus dem Konzept gekommen war.

„Mach dich unsichtbar."

„Mir ist es egal, ob du verheult bist", sagte Paul mit fester Stimme. „Wie wär's mit einem Beruhigungsschluck?"

„Ich hab nichts hier", antwortete Sunja resignierend.

„Hast du Gläser?", fuhr Paul unbeirrt fort. „Wenn du willst, dann lass ich die Augen auch die ganze Zeit zu."

Sunja sperrte die Türe auf und ging in die Küche, um Gläser zu holen. „Hey, mach die Augen auf! So hässlich bin ich auch nicht."

Paul musste lachen, er schenkte beide Gläser ein und half Sunja damit, dreihundertzwanzig weiße Rosen im Mörteltrog in die Wohnung zu tragen. Zum ersten Mal unterhielten sich die beiden nicht über ein Chatfenster.

„Meine Güte, wie viele Rosen sind das denn? ... So etwas Liebes und Schönes hat noch nie jemand für mich getan. Wie kommt man denn überhaupt auf so eine Idee?" Cybersun wiederholte sich immer und immer wieder, bis Paul endlich „Dreihundertzwanzig ... für jedes Jahr zehn Rosen", sagen konnte.

Sie kam nicht auf die Idee zu fragen, wie Paul überhaupt ihre Adresse herausgefunden hatte und dass das nicht ganz legal gewesen sein konnte. Je mehr Champagner Sunja trank, desto klarer konnte sie mit der Situation umgehen.

„Moment, SMS."

Erzeuger SMS an Sunja:

Ich bring den kleinen Mann früher, ich muss weg.

Sunja reagierte nervös. Während sie auf die SMS antwortete, ging sie in das andere Zimmer. Immer wieder sah sie zwischen Paul und ihrem Telefon hin und her. So eine Situation hatte es vorher in Sunjas Leben noch nicht gegeben. Irgendwie verband sie die SMS des Kindeserzeugers gefühlsmäßig direkt mit Paul. Bis jetzt war da eine Computerleitung dazwischen gewesen. Das hier war aber das reale Leben und der Kindeserzeuger war ein äußerst eifersüchtiger Mann. In der Vergangenheit hatte er sich oft den Kleinen geholt und ohne vorherige Ankündigung wieder zurückgebracht. Was, wenn er Paul hier treffen würde ... oder noch schlimmer, ... die Rosen sehen würde? In Sunjas Augen war nur noch Angst. Sie musste die Situation so schnell wie möglich klären. Sie wusste nicht, wo der Kindeserzeuger war und wie lange er brauchte, um mit dem Kind wieder hier zu sein. Das war alles zu viel für sie. Sie musste sich entscheiden und das möglichst schnell.

„Was hast du Irrer denn gemacht? Hab ich dir nicht verboten, mich zu sehen? Und was machst du kranker Stalker? Kommst einfach hierher! Ich werde es nie genießen können, dass du so etwas Schönes und Liebes für mich gemacht hast", sagte Sunja, noch bevor Paul etwas sagen konnte. „Und weißt du noch was ... es ist wie alles bei dir, äußerlich ist es nett, aber dann stinkt's genauso wie dieser Plastiktopf. Ich will das nicht in meiner Wohnung haben."

„Okay, wie du meinst", sagte Paul vorsichtig, der nicht wusste, wie er sich in dieser plötzlich eingetretenen Situation verhalten sollte.

Das sind eindeutige Gefühle, die ich nicht so gerne gefühlt hätte, aber wenigstens sind es Gefühle, versuchte Paul, sich in Gedanken selbst zu beruhigen.

„Alles, was von dir kommt, ist irgendwie schräg." Sunja schien sich warm zu schimpfen. „Ich werde mir fünf Rosen behalten und in eine Vase stellen, den Rest kannst du am Weg nach unten mit diesem Stinketopf gleich in den Müll werfen, alles was mit dir zu tun hat, stinkt."

Während Sunja fünf Rosen aussuchte, fuhr sie fort: „Die sind schön, die behalte ich, du Internetfreak. Machst du das immer so, dass du alleinerziehende arme Mütter stalkst, dann mit tausend Rosen vor der Tür stehst und glaubst, du hast ein Frauchen gefunden, das für immer in deinem Bett liegt?"

„Äh, nein? Ja? Nein? ... Keine Ahnung?"

„Genau, du hast keine Ahnung, du solltest einmal nachdenken, bevor du etwas tust, bevor du es tust, Paul. Vorher!"

Paul kam das gerade alles seltsam bekannt vor. Da waren sie wieder, die Gefühle, die er so lange unterdrückt hatte, die sich verabschiedet hatten und nun von einer völlig anderen Seite auf ihn zukamen.

Hatten alle Frauen einen Geheimpakt geschlossen, von dem die Männer nichts wussten, oder waren sich nur Sunja und Mutter gerade so ähnlich? Oder war es vielleicht Paul selbst, der in den Frauen diese Reaktionen hervorrief? Pauls Kopf war voll mit neuen Fragen, auf die er keine Antwort wusste

„Und", fuhr eine aggressive Sunja fort, „du hast deinen heiligen Schwur gebrochen, du hast bei deiner Zombieehre geschworen, dass du mich nie treffen wirst. Was sagst du dazu, Zombiedeath Eternity?"

Paul fiel nichts Blöderes ein als zu sagen: „Du wolltest mich doch hinausfahren, nach Altlengbach, da dachte ich, dass ..."

„Ja, siehst du, soweit hast du mich schon gebracht! Und dann, dann gehst du mit mir ins Bett und dann meldest du dich nie wieder! Ich hab so die Schnauze voll von euch ... ah!"

„Nein, ich wollte doch nur, ich ..."

Paul hatte von allen Optionen die schlechteste gewählt, sich zu verteidigen, legte Sunja als indirektes Schuldeingeständnis aus. „Hast du mir das versprochen oder nicht?"

„Ja ... aber", antwortete Paul kleinlaut.

„Und ist das jetzt ein Treffen oder nicht?"

„Ja, schon, also, ich ..."

„Du hast mich heute das letzte Mal gesehen, Paul. Menschen, die mich so enttäuschen, denen kann ich nicht vertrauen. Nie wieder! Sei wenigstens soweit ein Mann, deinen Stinketopf mit deinen Scheiß-Stinkerosen zu nehmen und unten in den Müll zu schmeißen. Und jetzt raus hier."

Paul erkannte, dass es wohl keinen Sinn mehr machen würde, weiter zu diskutieren. Er nahm die Mörtelwannenvase mit dreihundertfünfzehn Rosen und trug sie zu den Mülltonnen im Innenhof.

Sunja öffnete zwei Stockwerke über ihm das Fenster und brüllte durch den Hof: „Und wenn ich dich noch einmal in meiner Nähe oder in der Nähe meines Sohnes erwischen sollte, dann rufe ich die Polizei. Du bist ein perverser Stalker!"

Spätestens jetzt erkannte Paul das Gefühl, das er spürte. Es war Angst, eine Angst, die sich in eine Panikattacke gesteigert hatte. Es war nicht seine eigene Angst, die er spürte. Es war die Angst von Sunja, die sich zuerst auf ihn übertragen und dann in ihm entladen hatte. Trotzdem war diese Angst jetzt in Paul und er wusste nicht so recht, wie er sie loswerden sollte. Irgendeine Lösung musste er dafür in Zukunft finden. Paul konnte ja auch nicht dauernd irgendwelche Grashütten anzünden. Er hoffte während des Heimweges darauf, Sunja im Chat halbwegs beruhigt wieder anschreiben zu können, doch Cybersun hatte alle ihre Zombiekonten gelöscht. Sie war in der virtuellen Welt gestorben. Paul musste an seine Mutter denken. Hatte Mutter nicht immer ähnlich mit ihm gesprochen, hatte Mutter nicht auch von Vater immer als hilflosem Erzeuger gesprochen, der zu nichts fähig war? Paul empfand, ohne Cybersuns „kleinen Mann" zu kennen, großes Mitleid für ihren Sohn. Paul erkannte aber auch, dass er die Dinge in seinem Leben ändern konnte und nicht mehr hilflos den Launen einer Mutter ausgeliefert war. Paul fühlte sich nicht mehr wie ein kleines Kind, und als er auf seine Hände sah, so fühlten sich diese zum ersten Mal an wie die Hände eines Mannes, die etwas vollbringen konnten, die etwas erreichen konnten.

Tote leben länger

Noch bevor Paul die Wohnungstüre aufsperren konnte, flog die Wohnungstüre auf und Mutter kam freudestrahlend im Gang auf ihn zu.

„Da ist ja mein Pauli, mein Dearest-Pauli, mein Liebeling, na wie war denn dein Tag in der Arbeit, mein lieber Paul? Komm, setz dich zu mir, wir haben uns schon so lange nicht mehr gesehen. Ich mach dir was zu essen. Hast du Hunger?" Während Mutter ihren, wie sie meinte, verlorenen Sohn zurück im Schoß der Familie aufnahm, hatte Paul alle Mühe Mutters Umarmungs- und Liebkosungsversuche abzuwehren. Es gelang ihm, Mutter auf Distanz zu halten.

„Mutter? Geht es dir wirklich gut?" Paul konnte sein Gefühl nicht definieren und ordnete es irgendwo zwischen Sorge und Ärger ein. „Wo ist denn Frau Dr. Dr. Sprenger?"

„Nicht hier, wie du siehst! ... Auf niemanden ist hier mehr Verlass ... Alle gehen, gehen einfach weg und kommen nicht wieder!", sagte Mutter spitz, dann änderte sie den Tonfall, wie eine geübte Schauspielerin, in zärtlich, fürsorglich: „Aber mein Paul ist ja jetzt wieder hier, du wirst mich nie verlassen, ja? Pauli, Liebeling?"

Paul hatte so eine Ahnung, wohin diese Konversation führen würde, und ging ins Wohnzimmer.

„Pauli, weißt du eigentlich, wie ähnlich du deinem Vater siehst, je älter du wirst, desto mehr. Und dein Vater war immer so ein Hübscher, so wie du jetzt auch."

„Mutter, bitte!"

„Und dann hat er mich verlassen, weil ich nicht mehr schön und jung genug war für ihn."

Paul hatte richtig vermutet. Auf dem Tisch stand eine fertig gemixte halb ausgetrunkene Flasche Wodka-Eierlikör und eine angebrochene Packung Xanor. Es fehlte in etwa die Hälfte der Tabletten. Paul wählte Frau Dr. Dr. Sprengers Nummer. „Ja, Paul, das Präparat kenn ich. Für Akutfälle hab ich immer was in meiner Handtasche. Ist es die Packung mit fünfzig oder die mit hundert Stück? Und mit 0,5 oder 1 mg?"

„Moment, fünfzig Stück und 0,5 mg."

„Okay, die halbe Packung sagt du? ... Wo liegt sie?" Frau Dr. Dr. Sprenger hatte die ungute Vermutung, dass sich die Packung, die sich normalerweise in ihrer Handtasche befinden müsste, dort gar nicht mehr zu finden sein würde.

„Gar nicht, sie ist im Wohnzimmer und staubt ihre Nippes-Figuren ab", antwortete Paul.

„Da stimmt etwas nicht", war sich Frau Dr. Dr. Sprenger sicher.

Die Dosis Tabletten, die Mutter angeblich eingenommen hatte, würde einem Pony zwar einen angstfreien Nachmittag bescheren, diesen würde das Pony aber verschlafen.

„Ich komme sofort", beendete Frau Dr. Dr. Sprenger das Gespräch.

„Mutter, wir haben das schon tausendmal besprochen ...", begann Paul.

„Ich bleibe dabei! Er hat mich wegen einer Jüngeren und Schöneren verlassen. Findest du, dass ich schön bin, Paul?"

„Mutter! Bitte!"

„Du findest also nicht, dass ich schön bin? So ist das also immer, wenn Männer älter werden ... Paul, ich bin deine Mutter, das ist etwas Besonderes im Leben eines Mannes, die Mutter kann man nicht verlassen. Die Mutter darf man nicht verlassen, das ist die heilige Pflicht eines jeden Kindes."

Paul sah auf seine Uhr. Wo blieb nur Frau Dr. Dr. Sprenger? So aufgedreht hatte er Mutter selten erlebt. Konnte es sein, dass sie die Beruhigungsmittel gar nicht alle eingenommen hatte und das nur wieder einer ihrer Manipulationsversuche war, damit er sich um sie sorgen würde? Irgendwie musste er zu ihr durchdringen. Mutter hatte sich weiter in ihre Schimpftiraden gegen Vater hineingesteigert.

„Dein Vater ... der Loser, nur Kindermachen, das können sie, dann sind sie weg, nur einmal schnell Spaß haben und dann, die Frau loswerden. Dein Vater war auch so ... dieser Loser."

Paul spürte ein mächtiges Gefühl in sich hochsteigen, eines, das er bis jetzt mit aller Gewalt unterdrückt hatte.

Paul wurde wütend. Paul wurde nicht nur wütend, es schien so, als würden alle Demütigungen der letzten Jahrzehnte, die Mutter entweder ihm oder Vater angetan hatte, ausbrechen müssen. Pauls Vulkan der Demütigungen war nur noch einen Moment von seiner Explosion entfernt.

Mutter lachte: „Du bist genauso geworden wie er. Zieh doch gleich zu deinem Vater ... dann könnt ihr die Wohngemeinschaft der Loser gründen."

Paul schlug sich mit aller Kraft, von der er bis dahin nicht gedacht hatte, dass er sie hätte, auf seinen Oberschenkel. Und gleich noch einmal. Mutter hatte ihre Rede unterbrochen und sah Paul mit einem süffisanten, überlegenen Grinsen an. Die Gedanken in Pauls Kopf wurden immer schneller. Begriffe wie „Amoklauf" und „Am Ende richtete er sich selbst" versuchten, die Kontrolle in Pauls Leben zu übernehmen.

Paul sah seine Mutter mit einem zu allem entschlossenen Blick direkt in die Augen. „Tote brauchen keine Wohngemeinschaft!", sagte Paul und ging auf sie zu.

Mutters Überlegenheit war einer Angststarre gewichen.

„Paul Thomas, mach nichts, was du später bereuen wirst!"

Paul ließ Mutter keine Möglichkeit, den Blick von ihm abzuwenden, und kam bedrohlich näher.

Er wiederholte: „Tote brauchen keine Wohnung."

„Obdachlose auch nicht", antwortete Mutter trotzig.

Dass Frau Dr. Dr. Sprenger in diesem Moment an der Türe klingelte, hörten beide nicht. Mutter hob ihren Staubwedel zur Verteidigung in die Höhe. Paul schob sie einfach beiseite und nahm einen Porzellancorgi vom Regal.

„Sieh genau zu, Mutter!" Dann warf er den Porzellancorgie mit aller Kraft auf den Boden, sodass dieser in tausend Scherben zerbrach. Das Blatt hatte sich gewendet. Paul hob den nächsten Corgie in die Luft.

„Obdachlos? Nicht tot?" Paul wurde immer zorniger.

„Vielleicht lebt er ja noch ein bisschen?",
antwortete Mutter, ihre Stimme klang angsterfüllt. „Bitte
nicht! Du weißt, wie sehr ich an den kleinen Figürchen
hänge." „Wo? Mutter!" Der nächste Corgie landete im
Porzellanhundehimmel. Paul hatte all die Jahre vermutet,
dass Vater noch am Leben sein würde.

„Das weiß ich nicht, wirklich."
Es folgte der Tod eines Engels. „Wo? Mutter!"

„Ich hab keine Ahnung, bitte, das letzte Mal, als er
sich gemeldet hat ..."
Es folgte der weitere Porzellantod eines Corgis. Frau Dr.
Dr. Sprenger läutete mittlerweile Sturm.

„Er hat sich gemeldet ... wie?"

„Als E-Mail", sagte Mutter schnell.
Paul hob den letzten Corgie bedrohlich in die Höhe. „Wo,
Mutter, wo ist Vater?"

„Das weiß ich wirklich nicht, er ist öfters in der Hofburg,
in der Kuppel vor dem Michaelerplatz, bei den
Straßenmusikern, die für die Touristen spielen, davon lebt
er."

„Warum hast du mir verschwiegen, dass Vater noch lebt?"

„Das ist kompliziert Paul ... er ist beides, zur gleichen Zeit tot und lebendig ... das können nur Erwachsene verstehen."

Paul ließ den letzten Corgie einfach fallen, dann zertrat er die Reste mit seinen Schuhen. „Ich höre?"

Mutter atmete tief durch und antwortete seufzend: „Wenn dein Vater offiziell noch leben würde, dann hätte ich das ganze Geld der Lebensversicherung zurückzahlen müssen und ich hab das Geld gebraucht, um dich und Lizzy durchzufüttern."

„Wie wäre es denn mit Arbeit, Mutter? ... normale Menschen machen so was!"

Paul ließ zuerst eine verdutzte Mutter stehen, riss die Türe auf, dann ließ er eine ebenso verdutzte Frau Dr. Dr. Sprenger stehen, die alles mitangehört haben musste. Paul wollte so schnell wie möglich zur Hofburgkuppel beim Michaelerplatz.

Frau Dr. Dr. Sprenger flitzte in einer ihr bis dahin nicht bekannten Geschwindigkeit ins Wohnzimmer, steckte die restlichen Tabletten in ihre Handtasche und verschwand ohne ein weiteres Wort des Grußes. Mutter schloss die Türe hinter Frau Dr. Dr. Sprenger und atmete tief durch, dann ging sie nach oben in Pauls Zimmer. Sie sah die Orchidee im Marmeladeglas am Schreibtisch stehen. Mutter nahm das Glas mit nach unten und schleuderte es mit aller Kraft auf das Porzellancorgiegrab. Beim vierten Versuch zerbrach das Marmeladeglas endlich.

„Jedes Grab braucht einen Blumenschmuck", sagte Mutter, ging nach oben und legte sich ins Bett. Cybersuns Orchideenblüte war bis zum nächsten Morgen vertrocknet.

Paul konnte es nicht erwarten, zur Hofburg zu kommen. Wie lange hatte er nun Vater schon nicht gesehen? In Paul drinnen waren so viele Gefühle wahrnehmbar, dass er nicht wusste, für welches er sich entscheiden sollte, es waren einfach zu viele. Am Michaelerplatz ging gerade die Sonne unter. Die

Straßenmusikanten spielten die lieblich beschwingten Melodien von Strauß junior. Paul ging von einem zum anderen und warf bei jedem Straßenmusikanten etwas Geld in den Hut. Keiner von ihnen war Pauls Vater. Paul setzte sich auf die Stufen der Michaelerkirche und beobachtete die Touristen, die Konzertkartenverkäufer und Menschen beim Einkaufsbummel. Es war ein sehr friedliches Bild, auch wenn er Vater heute nicht angetroffen hatte. Es wurde Zeit nach Hause zugehen. Ach, ja, nach Hause, dachte Paul. Wo ist denn das jetzt?

Die Sonne war schon untergegangen, als Paul sich durch den Hintereingang zum Institut für Kultur- und Sozialanthropologie hineinschlich. Dieser Hintereingang war ganz praktisch, wenn man nicht am Portier vorbeikommen wollte. Wie alle Angestellten der Bibliothek hatte auch Paul einen Schlüssel. Er ging zu Fuß in den vierten Stock. Niemand war zu sehen. Vorsichtig und vor allem leise sperrte er die Bibliothek auf und ließ sich mit einem Seufzer in den Sessel am Schalter fallen. Paul loggte sich in den Zombiechat ein. Cybersuns

Account war nach wie vor nicht auffindbar. Paul vermisste Cybersun. Genau genommen vermisste er gar nicht Cybersun, er vermisste die Unterhaltungen mit ihr und er konnte nicht verstehen, warum sie ihn aus der Wohnung geworfen hatte. Das tat ihm innen drinnen weh, darüber würde er noch eine ganze Weile nachdenken müssen, um schließlich zu dem Ergebnis zu kommen, dass Cybersun vermutlich nicht ganz ehrlich ihm gegenüber gewesen war. Und damit würde er sich dann auch irgendwann abgefunden haben.

Paul hörte Schritte. Wer war denn noch so spät im Institut unterwegs? Am Rasseln der Schlüssel meinte Paul einen Angestellten des Wachdienstes zu erkennen. Die Schritte kamen immer näher. Das würde unangenehme Fragen geben. Paul würde es nicht mehr zur Türe schaffen, um das Licht abzudrehen. Er flüchtete in den Lesesaal. Der Mann vom Wachdienst öffnete die Bibliothekstüre und ging zum Computer.

„Alles in Ordnung?", war eine Stimme vom Gang zu hören.

Kremser!, durchzuckte es Paul. Was macht der denn noch hier? Haben Uniprofessoren nicht generell um fünfzehn Uhr Dienstschluss?

„Hier hat jemand Licht und Computer abzudrehen vergessen, Herr Professor, aber ich könnte schwören, ich hätte jemanden im Lesesaal gehört."

Paul stockte der Atem.

„Hier ist niemand", antwortete Professor Kremser. „Wir haben hier Geister von Mäusen, die hier manchmal herumspuken."

„Mäusegeister?", wiederholte der Wachmann unsicher.

„Ich kann es beschwören", erklärte Professor Kremser eifrig, „ich höre sie nicht zum ersten Mal, das sind afrikanische, die sind so groß wie Ratten, aber ungefährlich." „So groß wie Ratten?" Der Wachmann musste schlucken.

„Wissen Sie, was mich schon immer interessiert hat?", fuhr Professor Kremser fort. „Wenn Sie jeden Abend hier Ihre Runden drehen, haben Sie schon je über das Wiederkehrende nachgedacht?"

„Äh, ja, nein, äh, ja? … Ich versteh Sie nicht ganz?"

Der Wachmann sperrte von außen zu.

Paul hörte, wie sich Stimmen und Schritte wieder entfernten.

„Ich erkläre Ihnen das gerne, wenn Sie beispielsweise …",
waren die letzten Worte, die Paul vernahm.

Nachdem Paul nichts Besseres zu tun hatte, drehte er den Computer wieder auf und schrieb seinen Bericht für Professor Kremser. Paul fiel es leicht, den Bericht zu schreiben, und bald schon hatte er sieben Seiten fertig geschrieben. Darauf war Paul stolz. Nun fühlte er sich als wissenschaftlicher Mitarbeiter von Professor Kremser. Er war so beschäftigt, dass er nicht bemerkte, dass Großvater gar nicht im Gummibaum war. Paul hatte im eiligen Aufbruch von Mutter weder Hut noch Mantel von zu Hause mitgenommen. Sein Stab, sein Horn und seine Orchidee im Marmeladeglas waren auch noch in Mutters Festung, einmal, mindestens einmal, würde er wieder zurückmüssen. Paul richtete sich aus einem Pullover und anderen Kleidungsstücken, die

Studenten in der Bibliothek vergessen hatten, auf dem grünen Plastikboden der Bibliothek ein notdürftiges Nachtquartier ein. Die Ausgabe des Brockhaus von 1873 war sein Kopfpolster. Jemand, der in einer brennenden Grashütte geschlafen hatte, der konnte überall schlafen, war Pauls letzter Gedanke an diesem Tag.

„Möchtest du Kaffee trinken?" Die Schuhspitze eines Hauspantoffels stupste Paul an. Paul öffnete vorsichtig die Augen. Trotz der harten Unterlage hatte er gut geschlafen.   „Kaffee?" Paul verstand nicht. Vor ihm stand eine der südländisch aussehenden Putzfrauen des Instituts. Ja, stimmt doch, die fangen immer als Erste zu arbeiten an, durchfuhr es Paul. Schön langsam wurde er munter. Ihm war bis jetzt nie aufgefallen, mit welcher Freundlichkeit diese Menschen agierten, die hier jeden Morgen saubermachten. Die Putzfrau schenkte Paul einen Kaffee aus ihrer Thermoskanne ein. Paul hatte sich noch nie irgendwo mehr zu Hause gefühlt.

„Danke", sagte Paul. Obwohl er nie zuvor Kaffee getrunken hatte, schmeckte dieser ganz hervorragend. Er setzte sich neben die Putzfrau und sie unterhielten sich, bis Paul bemerkte, dass er es war, der die Frau von ihrer Arbeit abhielt, und es wohl ihrem Gebot der Höflichkeit entsprach, ihn da nicht einfach liegen zu lassen. Abgesehen davon kam sie mit ihrem Wagen auch nicht an Paul vorbei. Paul bedankte sich noch einmal für den Kaffee und verabschiedete sich von der freundlichen Putzfrau.

„Devlesa", sagte die Putzfrau zum Abschied und machte sich wieder an die Arbeit.

Das restliche Institut schien auch langsam zu erwachen. Paul legte den Bericht für Professor Kremser in sein Fach. Er war schon sehr gespannt darauf, was Professor Kremser zu seinen Aufzeichnungen sagen würde. Paul spazierte zur Hofburg.

Die Hofburg am frühen Morgen hatte etwas Mystisches. Das flache Licht bahnte sich den Weg durch die Strukturen des Gebäudes. Die ersten Fiaker bezogen ihre Stellungen für die Touristen, die Wasserwägen spritzten die Straße nass, die Menschen hetzten ins Büro, Eltern hatten ihre Kinder am Weg zur Schule und zum Kindergarten im Schlepptau. Wie es wohl Sunjas kleinem Mann an diesem Morgen gehen würde? Paul wusste, dass sein Vater kein Frühaufsteher war oder zumindest kein Frühaufsteher gewesen war. Das war Vaters einzige Regel gewesen, um deren Einhaltung sich auch Mutter gekümmert hatte, dass Vater am Wochenende ausschlafen konnte. Paul spürte den Sonnenaufgang durch all seine Glieder hindurch. Paul hoffte auf so etwas, wie den magischen Zufall des Rituals, der mystischen Morgenstimmung, während des Konzerts der Morgenamsel, der natürlich nicht eintraf. Also ging Paul frühstücken, kaufte sich einen Nassrasierer, rasierte sich notdürftig auf einer Toilette und machte sich fertig für den Dienstantritt.

Pauls Chefin willigte ein, Paul den Tag frei zu geben, wenn er jemanden finden würde, der seinen Dienst übernehmen würde. Paul war gerade dabei alle Kollegen durchzutelefonieren, als Professor Kremser vor ihm stand.

„Eine ganz wunderbare Arbeit, Herr Thompson, man bekommt das Gefühl, mit ihnen in der Hütte gewesen zu sein. Es fehlen noch Belegverweise und eine Literaturliste, dann wäre das eine Seminararbeit, die ich benoten würde."

„Danke, Herr Professor Kremser."

„Keine Ursache, Ehre wem Ehre gebührt, Herr Thompson, führen Sie Ihre Studien nur weiter!"

„Das mach ich, Herr Professor, versprochen, danke."

Soll ich wieder studieren?, fragte sich Paul in Gedanken.

SMS an Paul

Kein Problem, ich kann heute kommen, ich hab zwar Urlaub, aber der Wetterbericht hat Regen angesagt und wenn's dir hilft bin ich in einer halben Stunde da.

SMS an Pauls Arbeitskollegin:

Danke, danke, danke. Das vergesse ich dir nie!

Da läutete Pauls Mobiltelefon, was ihm etwas unangenehm war, weil er vergessen hatte, sein Telefon in der Bibliothek auf lautlos zu stellen.

Paul sprach mit gedämpfter Stimme: „Hallo, Petra!"

„Und wie war's gestern noch mit den Rosen?"

„Das ist eine lange Geschichte ...", sagte Paul.

„Okay, ich hab Zeit", antwortete Petra.

„Können wir uns heute Abend treffen? Ich wollte sowieso was mit dir besprechen ...", fragte Paul.

„Hm, im Prinzip gerne, aber ich spiele heute Abend ein Konzert mit meinem Quartett ... dem Petrasilienquartett. Du kannst natürlich gerne kommen, um die einzigartigste Petra zu bewundern und ..."

„Ich komm gerne", unterbrach Paul sie. „Schick mir einfach die Adresse ... bis heute Abend."

„Bis heute Abend", verabschiedete sich Petra.

Paul übergab den Dienst an seine Kollegin und machte sich wieder auf den Weg zum Michaelerplatz. Unterwegs kaufte er eine Flasche Rotwein. Paul selbst trank keinen Alkohol, aber Straßenmusiker würden Rotwein lieben, war Paul sich sicher. Dann setzte er sich auf eine der Bänke und wartete auf die Straßenmusiker. Wie oft war er hier am Weg zur U-Bahn schon zuvor vorbeigekommen, ohne auf die Straßenmusiker zu achten? Wie oft war er an seinem Vater vorbeigegangen, ohne ihn bemerkt zu haben?

Paul wusste nicht so genau, was Mutter mit Straßenmusiker gemeint hatte. Bei Mutter war das manchmal nicht so genau herauszufinden. War damit ein Musiker gemeint, der wörtlich ein Musikinstrument spielte oder konnte damit auch ein Pantomime gemeint sein? Die waren schwer zu erkennen, weil sie Gesicht und Hände entweder weiß, silbern oder golden bemalt hatten. Es kostete Paul jedes Mal zehn Euro, um bei einem der Pantomimen festzustellen, dass es nicht sein Vater war. Paul setzte sich wieder auf seine Bank.

„Ist hier noch frei?"

Paul rückte ein wenig zur Seite, um einem älteren Herrn Platz zu machen, der offensichtlich eine Pause von seinem Hundespaziergang brauchte. An der Leine hatte er einen mittelgroßen Mischlingshund, der sofort zu Paul ging und ihm die Hände ableckte. Der ältere Herr lächelte freundlich, als Paul den Hund streichelte. „Davon kriegen die nie genug. Wie heißt er denn?", fragte Paul, ohne seinen Blick von dem Hund abzuwenden.

„Nicht lachen … Herr Pfarrer."

„Der Hund heißt ‚Herr Pfarrer'?"

„Ja, nach meinem Großvater Thomas, das ist schon vier Generationen her, er hatte, wie das manchmal eben so vorkommt, eine Frau. Nachdem er ganz offiziell zu ihr stehen wollte, musst er das Priesteramt aufgeben."
Das gab es doch in meiner Familie auch, dachte Paul. Er hatte auch einen Pfarrer bei seinen Großvätern, allerdings vor fünf Generationen.

„Ich beobachte dich schon eine ganze Weile, Paul."

„Woher kennen Sie meinen .., Nein, Vater?" Am liebsten hätte Paul seinen Vater umarmt, aber der wirkte irgendwie so in seiner Welt eingeschlossen, dass Paul das Gefühl hatte, es wäre schwer, ihn zu erreichen. Paul gab ihm die Flasche Wein. „Nein, danke, ich hab für dieses Leben schon genug Wein getrunken … Ich hatte Angst, mich zu erkennen zu geben, weil ich mich für das, was passiert ist, so sehr schäme", fuhr Vater fort.

„Wieso schämen?", fragte Paul.

„Weil ich Euch im Stich gelassen habe, weil ich dich und Lizzy bei dem schrecklichsten Menschen gelassen habe, den ich kenne, bei eurer Mutter."

„Ich hab's überlebt", lachte Paul. „Du siehst gut aus! Also, wenn ich dich so ansehe."

„Danke. Es wäre auch zu gefährlich gewesen, wenn irgendjemand, den Versicherungsbetrug herausgefunden hätte. Ich musste mich versteckt halten, nachdem Neuseeland gründlich schiefgegangen war. Ich hatte keine Energie mehr, irgendetwas zu tun, schließlich bin ich auf der Straße gelandet. Ich habe mich immer verpflichtet gefühlt, für dich und Lizzy da zu sein, ohne dass ich für euch da sein durfte. Ich wusste immer, dass alles, was eure Mutter mir über euch erzählt hatte, nicht der Wahrheit entsprach, aber was hätte ich tun sollen? Irgendwann hatte ich mich daran gewöhnt. Sie haben mir immer ein Resozialisierungsprogramm mit Wohnung und allem angeboten, ich habe immer abgelehnt. Jüngere sollten eine Chance haben, nicht so alte Spinner wie ich, die es zulassen, von Frauen so schlecht behandelt zu werden und so zu einem miesen Vorbild für die Jungen zu werden." Vater seufzte.

„Wie war das in Neuseeland?"

„Du meinst die Geschichte mit meiner Maoriprinzessin? … was weißt du denn?"

„Nur das, was Mutter erzählt hat, und da ging's nur darum, wie schlecht es ihr damit ging, weniger, was du erlebt hast."

„So groß ist die Geschichte gar nicht. Und eins vorweg: Das mit den Prinzessinnen ist dort etwas anders als bei uns und wir sind auch gleich alt gewesen. Ich habe Mutter nicht wegen einer Jüngeren und Schöneren verlassen. Ich war schon über ein Jahr von Mutter getrennt, dann hab ich sie kennen gelernt. Im Internet, na ja, wie das eben so läuft. Egal, wie weit sie weg war, ich wollte sie kennen lernen. Ich hab darüber nachgedacht, was ich dort machen kann, da ist mir die Idee mit den gefälschten Zeugnissen gekommen."

„Diese Geschichte stimmt also?", unterbrach Paul seinen Vater.

„Es war nicht eine meiner besten Ideen", gab Vater zu, „aber die Idee brachte mich zu ihr. Leider haben sie die Zeugnisse nicht anerkannt, weil man das ja alles nachprüfen konnte. Ich hab mich durchgeschlagen als Tankwart und Kellner. Es war eine gute Zeit, irgendwann kam der Tag, wo ich das Gefühl hatte, ich müsste meiner Prinzessin etwas mehr bieten als Tankstellensandwiches und Take-Away-Kaffee. Außerdem wollte sie unbedingt Europa sehen. Ich nahm mit deiner Mutter Kontakt auf … die hat fast der Schlag getroffen … sie hatte ja schon die Lebensversicherung kassiert und die Wohnung gekauft. Ich musste ihr versprechen, dass ich als U-Boot weiterleben würde, weil sie sonst nicht garantieren könnte, dass Lizzy und du weiter ein Heim haben würdet und etwas zu essen. Da hab ich um euch beide Angst bekommen und sie hat mich mit jedem Mal, wenn versucht habe, etwas über meine Kinder zu erfahren, mehr und mehr erpresst, bis ich das schließlich aufgegeben habe, um euch nicht zu gefährden. Sie alleine wäre mir ganz egal gewesen."

„Danke", sagte Paul, „aber du bist mir nichts

schuldig und Lizzy auch nicht."

„Ich weiß", antwortete Vater, „doch auch eine Schuld, für die du nichts kannst und zu der du trotzdem verurteilt worden bist, musst du abtragen. Auch wenn's noch so ungerecht ist."

Paul lachte: „Jetzt redest du schon wie der Ungarnopa ... darf ich dich etwas fragen?"

„Bitte."

„Meinst du, Geister von Verstorbenen können in Pflanzen, also in Orchideen, wohnen und von dort aus mit uns hier reden?"

„Vor allem von Orchideen aus", lachte Vater. „Mir ist das in Neuseeland passiert, meine Prinzessin hat mir nicht geglaubt, bis wir beim Dorfschamanen waren und der hat das dann bestätigt. Er meinte, da wäre eine Begabung bei den Männern unserer Familie, es war aber keine Orchidee, es war eine andere Blume."

Langsam fing es an zu regnen und Herr Pfarrer wollte los. Paul und sein Vater gingen noch den ganzen, restlichen Tag spazieren und unterhielten sich wie zwei alte Freunde, die sich ewig nicht gesehen hatten. Dass es regnete, war nur dem Herrn Pfarrer nicht egal.

Am Ende sagte Pauls Vater: „Danke, dass du mich gesucht hast. Wenn ich so sehe, was aus dir geworden ist, dann bin ich sehr stolz auf dich. Ich schäme mich nicht mehr dafür, was ich getan habe. Alles im Leben ist mindestens eine Erfahrung wert. Ich denke sogar, dass die Sache mit der Versicherung mittlerweile verjährt ist, und Geld will ich ohnehin keines von deiner Mutter. Ich bin froh, wenn ich sie nicht mehr sehen muss. Vielleicht mach ich jetzt sogar dieses Resozialisierungsprojekt."

Paul öffnete seine Brieftasche.

„Ich will kein Geld von dir, Paul", sagte Vater.

Paul lächelte in der Art seines Großvaters: „Das ist etwas viel Besseres." Er gab ihm Lizzys Visitenkarte. „Das ist die Werkstatt, in der Lizzy arbeitet. Ich denke, sie würde es dir nicht verzeihen, wenn du ihr den Pfarrer vorenthältst."

Herr Pfarrer, der seinen Namen gehört hatte, kam angelaufen und sprang an Paul hoch. „Und schöne Grüße von Professor Kremser, soll ich dir sagen."

„Danke, mein Sohn, und bis bald, hoffe ich."

„Bis bald, Vater. Ich freu mich drauf."

Daraufhin umarmten sich Vater und Sohn und all die schlechten Gefühle der letzten nicht ganz zwanzig Jahre gehörten der Vergangenheit an. Über die Flasche Rotwein, die sie auf der Bank vergessen hatten, freute sich dann tatsächlich noch einer der Straßenmusiker.

Paul fühlte sich so, als hätte er die vermisste Hälfte seines Lebens wiedergefunden. Er würde sich ein letztes Mal in Mutters Festung begeben, um seinen Stab, die Orchidee im Glas und das Großvaterhorn zu holen. Als er die Wohnung betrat, war alles seltsam ruhig. Paul wagte einen Blick ins Wohnzimmer, dort war alles wieder aufgeräumt, es stand frisch aufgebrühter Tee und Gebäck auf dem Wohnzimmertisch, so als würde Mutter jemanden erwarten. Trotzdem hatte Paul das Gefühl, dass hier irgendetwas verdächtig war. Er schlich auf Zehenspitzen in den oberen Stock. Er hörte Mutters erregtes Flüstern, das aus dem Schlafzimmer durch die Türe zu ihm drang.

„Ja, er ist jetzt hier, Sie müssen ganz schnell

kommen, ja, er neigt zu Gewalt, wir haben schon kein Porzellan mehr im Haus. Bitte, ja, schnell."

Paul ging in sein Zimmer und suchte das Marmeladeglas mit der Orchideenblüte. Er war sich sicher, dass er es auf den Schreibtisch gestellt hatte. Paul rief seine Mutter.

„Bitte tu mir nichts, bitte, ich bin eine arme alte Frau." Mutter war völlig verzweifelt. Zuerst dachte Paul daran, dass noch jemand hier sein musste, vor dem Mutter sich so sehr ängstigte. Von weitem waren schnell näherkommende Polizeisirenen zu hören.

„Hast du mein Glas mit der Blüte vom Schreibtisch genommen?", fragte Paul nachdrücklich.

„Es könnte sein, dass Mami so ein Glas beim Putzen runtergefallen ist. Paul, das war ein Unfall, bitte, tu Mami nichts, wenn du so wütend bist", flehte Mutter Paul an. „Mutter, spinnst du jetzt völlig?"
Mutter hatte nur auf darauf gewartet, die Türglocke zu hören.

Todesmutig - zumindest aus ihrer Sicht - wand sie sich an Paul vorbei und riss die Türe auf: „Ich bin ja so froh, dass Sie hier sind, Herr Polizist!"

Vor der Türe waren ein Polizist und eine Polizistin.

„Sie meinen, dass wir schon wieder hier sind? Wo ist denn nun Ihr Herr Sohn?", antwortete der Polizist.

Paul nahm seinen Stab und sein Horn und kam völlig ahnungslos die Treppe herunter.

„Herr Thompson?"

„Ja?"

„Können Sie sich ausweisen?"

Während der Polizist Pauls Personalien feststellte, bat Mutter die Polizistin ins Wohnzimmer.

„Moment, nur das wir uns richtig verstehen ... vor zwei Tagen wollten Sie Ihren Sohn betreffend eine Vermisstenanzeige aufgeben und heute wollen Sie, dass er Ihre Wohnung nicht mehr betritt?"

„Völlig richtig, Herr Inspektor, manchmal ändern sich die Dinge eben, das können Sie nicht verstehen, Sie sind keine Mutter, Sie sind ja nur ein Mann.

Der Polizist sah seine Kollegin fragend an.

„Noch etwas Tee, meine sehr verehrten Polizisten?"

Die Polizistin ließ Mutter Tee einschenken, während ihr Kollege zu Paul ins Vorzimmer ging.

„Auf ein Wort, Herr Thompson. Nehmen Sie einen guten Rat von einem alten Inspektor an, schauen Sie, dass Sie die nächsten Tage, bei einem Freund unterkommen. Das ist mehr in Ihrem eigenen Interesse, als im Interesse Ihrer Mutter. Zumindest bis sie sich wieder beruhigt hat", versuchte der Polizist, die Situation zu entspannen.

„Die wird sich nie beruhigen, aber das müssen Sie nicht verstehen. Ich bin auf jeden Fall einverstanden", antwortete Paul.

Der alte Polizist zwinkerte Paul zu und sagte dann mit lauter Polizistenstimme: „Herr Thompson, ich fordere Sie auf, die Räumlichkeiten Ihrer Mutter unverzüglich zu verlassen, sich aus der Wohnung zu begeben, und auf polizeiliche Anordnung, nicht mehr wieder zu kommen. Außerdem werden Sie mir Ihren Schlüssel aushändigen."

Paul und der Polizist verstanden sich. Paul trat einen Schritt vor, so, dass Mutter ihn sehen konnte und sagte: „Das ist so ungerecht, Mutter!"

„Das bin nicht ich, mein Liebeling, Mami würde

dich doch nie fortschicken, die Herren und Damen von der Polizei machen das. Und was die Polizei sagt, muss man machen ... das hab ich dir schon als ganz kleines Paulibaby beigebracht."

Paul hob theatralisch die Hände: „Ich werde keinen Widerstand leisten ... Ich gehe jetzt zur Türe hinaus."

Er fischte umständlich die Schlüssel aus seiner Hosentasche, gab sie dem Polizisten, nahm Stab Horn und Hut und ging zur Tür hinaus. Es war ein befreiendes Gefühl, das Haus zu verlassen, in dem er so lange leben hatte müssen.

Blöderweise hatte Paul seinen Computer vergessen. Mutter würde ohnehin nichts damit anfangen können. Er versteckte sich hinter dem Heckenrosenstrauch und wartete, bis die Polizei gegangen war. Paul drückte den Knopf der Gegensprechanlage.

„Haben Sie noch etwas vergessen, Herr Polizist?"

„Ich bin es, Mutter, ich brauche meinen Computer, den hab ich vergessen."

Mutter kreischte hysterisch in den Hörer der Gegensprechanlage: „Ich verfluche dich, nie wirst du eine andere Frau ansehen können als mich, auch wenn ich schon alt und hässlich bin ... keine Frauen wirst du je mehr sehen in deinem Leben, Paul!"

Paul rief genauso erbost zurück: „Mir reicht's eh schon, wenn ich Frauen hören kann! Mutter, ich brauch nur meinen Computer!"

Mutter hatte aufgelegt. Paul stand noch unschlüssig vor der Gegensprechanlage, als nur sechs Zentimeter neben seinem Kopf ein Computer vorbeiflog und am Gehsteig einschlug. Paul war zu entsetzt, um erschreckt zu sein. Mitleidig betrachtete er die verstreuten Computerbestandteile auf dem Boden. Und wo ist die Polizei, wenn man sie braucht? Hm. Ich werde jedenfalls einen neuen Computer brauchen. Seinen Mantel hatte er auch vergessen, na wenigstens seinen Hut hatte er mitgenommen. Paul setzte seinem Stab den Hut auf, welchen das hörbar freute, und sie machten sich auf den Weg.

Neue Unterhosen

„Tote Computer sind die Befreiung des Geistes! ... Ich hab schon ganz genau Pläne, was wir mit der freien Zeit jetzt anfangen werden!"

„Wer wir?", antwortete Paul den Ausführungen seines Stabes.

„Ja, klar, wir! Wir werden durch die Gegend ziehen und den Leuten deine Geschichte von der Hütte erzählen. Wenn sie dir nicht glauben, mir glauben sie auf jeden Fall, wir werden herumziehen wie Butch Cassidy und dieser andere da und du, Paul?" „Ja?"

„Du brauchst einen neuen Hut!"

„Ich hab schon einen Hut", antwortete Paul. „Der sitzt nur am Kopf des völlig falschen Stabes. Was ich brauche sind Unterhosen."

Paul musste lächeln. All dieser Wahnsinn von sprechenden Blüten und Wanderstäben war für Paul zur absoluten Normalität geworden.

„Frechheit! Erstens ist das mein Hut und zweitens bevorzuge ich die Bezeichnung Zauberstab. So jetzt hast du's. Jetzt bin ich beleidigt. Ich werde gar nichts mehr sagen."

Paul war an der Privatuniversität für Musik und Kunst angekommen.

„Das gilt ab jetzt", schimpfte Pauls Stab weiter.

Paul stand vor einem Plakat der Celloformation: das Petrasilienquartett.

„Ab jetzt gilt's noch immer!"

Paul war viel zu spät zur Aufführung gekommen, er wollte sich in den Saal schleichen und wenigstens das Ende mitbekommen. Dann würde er so tun können, als ob er schon viel länger da gewesen wäre. Er versuchte schnell am Eingang vorbei und zum Festsaal zu kommen.

„Da können Sie jetzt nicht hinein." Ein freundlicher, aber strenger Portier ließ Paul nicht weitergehen. „Wenn das Konzert einmal begonnen hat, dann geht das leider nicht mehr", erklärte der Portier.

„Und was soll ich jetzt machen?", fragte Paul.

„Warten Sie hier, das Konzert ist gleich zu Ende", fuhr der Portier fort.

„Sagen Sie, gibt es einen eigenen Künstlereingang?", wollte Paul wissen.

„Wenn Sie rausgehen links und dann einmal links um die Ecke, vor der kleinen grünen Türe mit dem kleinen grünen Licht."

„Vielen Dank, auf Wiedersehen."
Der Portier verabschiedete sich und hielt Paul die Türe auf.

Über der kleinen grünen Türe mit dem kleinen grünen Licht, zwei Mal links ums Eck, war ein Schild, auf dem „Bühneneingang" stand. Paul setzte sich auf den Treppenabsatz. Auf der anderen Straßenseite hing eine der alten, Wiener Laternen an der Hauswand. Die Seitenstraße war mit Kopfsteinpflaster ausgelegt, es war eine jener versteckten Gassen Wiens, die einen sofort in die Gründerzeit oder noch weiter zurückversetzten.

„Okay, es gilt nicht mehr, nicht reden ist fad", meldete sich Pauls Stab wieder.
Paul setzte ihm seinen Hut so auf, dass der Stab nicht mehr zu verstehen und nur ganz leise zu hören war.

„Darüber kannst du jetzt nachdenken, wie du das ohne Hände löst", sagte Paul.

Pauls Stab gab schnell auf und war still. Von drinnen war, gedämpft und entfernt, das Konzert zu hören. Die einzelnen Töne der Musik wurden zu Noten, die Pauls Gehör erreichten und ihn wie Tränen der Zärtlichkeit sanft einhüllten. Paul öffnete die Augen und atmete jeden Ton tief in seine Seele ein. Auf einmal hatte er das Gefühl, die Musik, die an sein Ohr drang, sehen zu können. Paul war so ergriffen, dass er am Ende des Konzerts mit feuchten Augen applaudierte.

Drinnen gab es Standing Ovations. Es dauerte nicht lange und die Musikerinnen kamen zum Bühneneingang hinaus. Die erste war Petra, sie stolperte fast über den dort noch immer in aller Ergriffenheit sitzenden Paul. Um ihn nicht mit ihrem Cello zu erschlagen, wich sie im letzten Moment aus, dabei ließ sie ihre Wasserflasche fallen. Paul fiel die Wasserflasche auf den Kopf.

„Paul?"

Paul hatte einen nassen Kopf, auch sein Hemd hatte etwas von dem Wasser abbekommen.

„Das tut mir jetzt leid."

„Macht nichts", versuchte Paul, so männlich wie er konnte, zu sagen. „Es ist etwas kalt für eine Dusche. Hallo, Petra."

„Du hast ja keine Jacke an", stellte Petra fest.

„Ja ... äh, richtig ... da gibt's etwas, worüber ich mit dir reden wollte.

„Verzeihung, könnt ihr die Treppe freimachen? Wir würden nämlich gerne gehen." Petra und Paul hatten einen Cellospielerinnenstau am Bühneneingang verursacht. Ohne den Blick voneinander lassen zu können, gingen Petra und Paul zur Seite und sagten gleichzeitig: „Du, ich ..." Und dann: „Sag, du's zuerst ... nein du."

Paul und Petra schlossen gleichzeitig die Augen und sagten dann ganz schnell: „Wie war das Konzert?"

„Wie lief's mit den Rosen?"

„Sehr gut, danke."

„Nicht ganz so, wie geplant ...", sagte Paul leise.

„Sie ist also nicht dem Ritter in funkelnder Rüstung erlegen, der im Sonnenuntergang ihr Leben auf Rosen gebettet hat?", war Petra amüsiert.

„Du, Petra, kann ich dich was Ernstes fragen?"

„Ja, klar … immer raus damit."

„Darf ich deinen Cellokasten tragen?"

„Du wolltest mich fragen, ob du mein Cello tragen darfst?", fragte Petra nach. „Bitte." „Ja … nein … mir fällt das jetzt nicht leicht", begann Paul.

„Du musst mein Cello nicht tragen und das mit der Wasserflasche tut mir auch leid. Ich werde das wieder gut machen", sagte Petra.

„Nein, das ist es nicht …", wurde Paul immer verlegener.

„Du redest mit Gummibäumen und sonst auch mit allen Arten von Gemüse, aber bei mir fällt's dir schwer?", versuchte Petra, Paul zu helfen.

Paul seufzte: „Egal, kannst du dich einmal hierherstellen?"

Paul versteckte sich hinter dem Cellokasten, sodass für Petra nur seine Hände sichtbar waren. In seiner linken Hand hielt Paul seinen Stab und in der rechten Hand sein Horn.

„Bitte schalten Sie Ihre Mobiltelefone aus, die Aufführung beginnt."

Petra lachte, holte ihr Handy aus der Tasche und stellte den Klingelton auf lautlos. „Oh, ich bin so ein armer, armer Stab", begann Paul. „Ich bin aus dem zweihundert Jahre alten Stamm einer Trauerweide herausgewachsen, immer hatte ich ein Heim an der Biegung der Leitha, da wo früher die Buben immer Fußball gespielt haben, und nun?", sagte der Stab verzweifelt.

„Und nun?", wiederholte das Horn.

„Nun wurde ich durch die Bachregulierung von meiner Familie abgeschnitten, losgerissen, bin einsam, weiß nicht, wo ich schlafen soll, wo ich leben soll, hab nicht einmal mehr eine Jacke an und bin ganz nass. Nichts, das mich vor Regen und Kälte schützt ...", fuhr der Stab fort.

„Was bist du denn für eine Dramaqueen?", fragte das Horn.

„Ich sagte ja, Trauerweide, bei uns liegt das Drama im Namen der Familie", erwiderte der Stab stolz.

„Wie wär's, such dir ein Feuer? Lass dich verbrennen, dann ist dir nicht mehr kalt und nass und das Drama ist auch zu Ende."

„Wie können Sie nur so mit mir sprechen? Kennen Sie vielleicht lieber irgendjemanden, der ein Zimmer zu vermieten hat? Vielleicht irgendwo, wo sich so ein Stab wie ich auch wohlfühlt, in einer Gärtnerei, zum Beispiel?"

„Das tut mir leid, hochverehrte Frau Dramaweide, aber ich kenn nicht einmal jemanden, der niemanden kennt, der ein Zimmer frei hätte", gab sich das Horn verständnisvoll.

„Wenn hier also niemand jemanden kennt, bei dem man wohnen könnte, dann müssen wir wohl wieder auf dem harten, grünen Plastikboden der Bibliothek schlafen mit dem Brockhaus von 1873 als Kopfpolster und trotz aller Not – ich bitte mir das aus – ich bin ein ‚Herr Dramaweide'!"

Petra konnte sich vor Lachen nicht mehr halten. „Du bist so doof, Paul. Warum hast du nichts gesagt? Meine Mama wollte zwar eine Studentin haben. Wir erklären ihr das einfach, dann klappt das schon und für heute Nacht kommst du erst einmal mit." Paul schaute seitlich am Cellokasten vorbei: „Das ist nicht für mich, das ist für diesen Zauberstab und dieses Horn. Ich bin nur der, der sie herumträgt."

„Oh, Verzeihung, Herr Dramaweide, würden Sie und Herr Hörnchen mir die Ehre erweisen, heute die Gastfreundschaft meiner Familie anzunehmen und bei uns zu nächtigen?", fragte Petra ganz förmlich.

„Hihihihihi, sie hat Hörnchen gesagt", lachte der Stab.

Das Horn schwieg.

In diesem Moment kam ein deutscher Tourist vorbei: „Wo ist Ihr Hut? Das war eine gute Vorstellung. Wo kann man sein Geld reinwerfen?"

Paul wackelte mit dem Horn und der Tourist warf ein Zweieurostück hinein.

„Also, falls das mit der Bibliothek nichts mehr ist
…", sagte Petra und kam an die Hinterseite des Cellos

„Danke", sagte Paul.

„Und jetzt will ich wissen, was mit der Rosenfrau
los war!"

„Zuerst hab ich die Rosen und den Champagner
und die Karte vor ihre Türe gestellt", begann Paul und
erzählte dann Petra die ganze tragische Geschichte mit
Sunja. „Jetzt bin ich natürlich noch neugieriger geworden,
Paul, das mit der Hütte, will ich auch wissen."
Paul trug Petras Cellokasten zu ihrem Auto, einem
Citroen, auf den lauter bunte Blumen draufgemalt waren.
Das Cello war zu groß, deswegen saß es auf dem
Beifahrersitz und sah oben beim Sonnendach hinaus. Paul
nahm auf der Rückbank Platz. Petra stellte den
Rückspiegel so ein, dass sie Paul beobachten konnte.
Immer wieder während der Autofahrt trafen sich ihre
Blicke.

„Eine Lederjacke würde dir gut stehen", sagte
Petra.

„Und Unterhosen würde ich brauchen", ergänzte Paul.

Petra lächelte, sie fand Paul interessant.

Paul war vom Morgengesang des Chillischotenchors unterstützt von den Bässen der Nadelholzgewächse wach geworden. Abgerundet wurde das Morgenkonzert vom Sopran der heimischen Wildkräuterblumen. In etwa zu der Zeit, als Petras Vater in der Früh die Bewässerungsanlage angeschaltet hatte. Das Scheppern der etwas älteren Rohranlage integrierte sich harmonisch in den morgendlichen Pflanzenchor. Paul hatte bei offenem Fenster geschlafen, nun stand er da und hörte mit geschlossenen Augen zum Fenster hinaus oder herein – so genau konnte er das nicht unterscheiden.

Petras Papa hatte ihn, so am Fenster stehend, natürlich schon gesehen und freute sich über die Gesellschaft während des Morgenkonzerts der Pflanzen. Petras Mama behandelte Paul am nächsten Morgen mit der professionellen Freundlichkeit einer Landwirtin. Er hatte

Petras Mama angeboten, beim Frühstück zu helfen, doch Petras Mama wies Paul an, sich auf die Eckbank zu setzen und sich bedienen zu lassen. Paul saß da und wusste nicht, was er sagen sollte. Es war einfaches ländliches Geschirr, in dem Petras Mama den Frühstückstisch deckte. Es war weißes Geschirr mit dünneren grünen Streifen, einige Teller hatten zusätzlich noch so Kringel, andere Blumenmuster. Statt Cornflakes hab es selbstgemachtes Müsli und Joghurt.

„Guten Morgen, einen früh aufstehenden Gast haben wir da", sagte Petras Papa, als er in die Küche hereinkam. „Unsere Petra, ist ja mehr eine Nachteule", fuhr er fort. „Weißt du, wie schrecklich das Konzert gestern für alle Zuhörer war?"

„Gut, das was ich gehört habe, war hervorragend", sagte Paul, der Wahrheit entsprechend.

„Gehst du nach oben und holst Petra zum Frühstück herunter", sagte Petras Papa. „Das mach ich gerne", antwortete Paul.

„Ich mach das schon!", fiel Petras Mama Paul ins Wort und startete los.

Paul wusste nicht, was los war. Petras Papa lächelte fröhlich. Er kannte seine Frau. „War die Rosenlieferung erfolgreich, junger Mann?", wollte Petras Papa wissen.

„Die Lieferung selbst schon", begann Paul, „aber dann, na ja, ich weiß auch nicht ... nicht so schön eben. Es ist alles im Müll gelandet."

„Es gibt ein Sprichwort aus Madeira, das sagt ..."

„Guten Morgen, allerseits", unterbrach Petra fröhlich gelaunt ihren Papa. Petra erklärte ihren Eltern Pauls Notlage und vor allem Petras Papa zeigte sich verständnisvoll.

Petras Mama signalisierte zwar auch, dass sie so prinzipiell nichts dagegen haben würde, meinte aber: „Wir haben das Zimmer nicht aus reiner Menschenfreundlichkeit ausgeschrieben. Papa und ich werden immer älter, wir brauchen jemanden, der uns zu Hand geht. Wir haben so an zehn Stunden in der Woche zum Helfen gedacht, wenn wir große Bäume ausliefern, zum Beispiel."

„Da helfe ich gerne", sagte Paul. „Ich kann gut arbeiten!"

„Hast du nicht einen Beruf?", fragte Petras Mutter nach. „Eine Studentin wäre ja doch öfter hier."

„Ich kann ja auch mithelfen", versuchte Petra ihre Mama in Richtung Paul zu beeinflussen.

„Junger Mann, da gibt es noch etwas, das wir besprechen müssen, wenn du hier leben willst, du bist ja dann wie ein Teil der Familie!", Petras Vater klang ungewöhnlich streng.

Paul saß mit weit geöffneten Augen kerzengerade da, auch Petra hatte ihren Vater selten so streng erlebt.

„Wir haben hier sehr strenge Aufnahmezeremonien!"

Paul schluckte schwer, während Petra das Spiel ihres Papas durchschaute und das Lachen unterdrückte.

„Was muss ich denn da machen?", fragte Paul unsicher.

„Was du machen musst? Ganz einfach! Den Traktorführerschein!", sagte Petras Papa unvermindert streng.

„Wie, bitte? ... den Traktor-was?"

„Na, den Führerschein für den Traktor – töff, töff, töff", erklärte Petra Paul.

„Ich weiß, was ein Traktor ist", sagte Paul, „ich dachte, ich soll ..."

„Es ist schon in Ordnung, wenn du erstmal hierbleibst", sagte Petras Mutter, der Paul ein wenig leid tat. „Der ist schon so, seit ich ihn geheiratet habe. Jetzt bleibst du einmal hier und dann sehen wir, wie sich das entwickelt."

„Danke, Mama!", freute sich Petra.

„Kuhställe, Paul."

„Okay?", war Paul verwundert. „Kühe gibt's auch?

„Das Sprichwort aus Madeira: Ein Haus ohne Blumen ist ein Kuhstall."

Alle am Tisch lachten.

„Paul ist übrigens Sprachexperte, was Gummibäume angeht", sagte Petra, „das hab ich schon mehrmals gesehen."

Das Frühstück endete fröhlich. Wie entspannt doch ein Tag beginnen kann, dachte Paul.

„Ich hab auch so ein Ritual gemacht." Petra war mit Paul in ein Bekleidungsgeschäft gefahren.

„Deswegen die Bücher über Feuerrituale?", fragte Paul.

„Dass du dich daran erinnerst ..."

„Berufskrankheit", sagte Paul. „Was für ein Ritual denn?"

„Ich hab alle meine Kleider verbrannt. Es wird Zeit, Lederjacken und Biker-Boots zu tragen! Ich will von diesem Tussi-Image weg, das ich bis jetzt hatte. Zumindest privat."

„Ich kann mir den Kommentar deiner Mama zu den Löchern in deinen Jeans vorstellen", lachte Paul. „Danke, dass du mit mir einkaufen gehst, ich hab von sowas keine Ahnung."

„Kein Problem, das mach ich gerne und jetzt ab in die Umkleidekabine."

Paul probierte etliche Hosen und Hemden, bis Petra und er einer Meinung waren. Paul hatte das Gefühl, was sein Gewand betraf zum ersten Mal eine eigene Entscheidung getroffen zu haben. Petra war ihm nur hilfreich gewesen, so wie LOT oder Lizzy. Er hatte selbst entschieden.

„Wenn man von innen ganz neu ist, dann folgt so ein Imagewechsel ganz von alleine", philosophierte Paul vor sich hin.

„Du meinst mein Tussi-Image?", fragte Petra verunsichert.

„Nicht direkt", antwortete Paul. „Ich frage mich, ob das nach beiden Seiten funktioniert. Einmal, wenn man sich von innen ändert und dann ein neues Outfit braucht, oder ein anderes Mal, wenn man sich ein neues Outfit kauft, damit man sich im Innen ändert."

„Der Kremser wäre begeistert von der Frage", lachte Petra. „Natürlich ist dieses Gewand ein Protest gegen meine Eltern, obwohl es natürlich auch schon wieder zur Gärtnerei passt, aber nicht so zum Petrasilienquartett. Irgendwie ist das nur eine Scheinrebellion, irgendwas muss ich ja machen. Ach, ich weiß auch nicht."

„Hat es denn funktioniert, dein Ritual?", wollte Paul wissen.

„Zumindest das Gewand ist verbrannt ..."

Paul lachte: „Meines auch, ich hatte Hilfe mit einem Feuermann, der hat mir gezeigt, wie ich mich selbst mehr lieben kann, ich ..."

Petra fiel Paul ins Wort: „Ich bin schon froh, wenn ich einen Mann finde, den ich lieben kann, aber mich selbst lieben? Das brauch ich nicht. Wie soll denn das überhaupt gehen?"

„Vielleicht ist es ja so, dass das eine nicht ohne das andere gehen kann", sagte Paul leise.

„Ja, vielleicht", sagte Petra genauso leise, dann sah sie Paul tief in die Augen.

Auch Paul konnte seinen Augen nicht von ihren abwenden. Langsam kamen sie sich näher.

„Und für alle Fälle hab ich LOTs also LATs Nummer in meinem Handy eingespeichert." Paul kramte euphorisch sein Handy aus der Hosentasche und war dabei, für Petra LOTs Telefonnummer rauszusuchen.

Petra entfuhr ein Laut des Seufzens, dann verdrehte sie die Augen und sagte: „Danke, Paul! Ganz tolle Idee! Danke! Bravo! Komm, wir fahren heim!"

Paul wusste wieder einmal nicht, was er falsch gemacht hatte, im Unterschied zu sonst, hatte er aber kein blödes Gefühl dabei. Am Ende der Shoppingtour hatte Paul nicht nur neue Kleidung, er hatte auch einen neuen Computer, und was man eben sonst noch zum Neustart in einem Leben brauchte. Aber jetzt mit Lederjacke.

„Herr Thompson, schön, dass Sie auch noch kommen. Das bedeutet, Sie sind am Leben. Wissen Sie, eine Bibliothek hat Öffnungszeiten. Und Öffnungszeiten, das bedeutet, die Bibliothek ist geöffnet, und wenn eine Bibliothek geöffnet ist, dann kommen da Studenten und wollen Bücher. Dann sitzt da ein Bibliothekar, der die Bücher zurücknimmt und wieder austeilt, und jetzt raten Sie, Herr Thompson, wer dieser Bibliothekar ist?" Pauls Chefin hatte sich in Rage geredet.

„Ich kann Sie nur um Entschuldigung bitten", sagte Paul. „Ich wollte mit Ihnen ohnehin über meine berufliche Veränderung und Zukunft reden."

„Ich höre?"

„Ich trage mich mit dem Gedanken, wieder zu studieren, deswegen würde ich gerne, während des Semesters, meine Stunden auf zehn pro Woche reduzieren, in der unterrichtsfreien Zeit kann ich natürlich wieder Vollzeit arbeiten", sagte Paul, der in seinem frisch eingekauften Gewand vor ihr stand.

„Student ... Irgendwie wundert mich das jetzt nicht", sagte die Chefin.

So Lederjacken fühlen sich richtig gut an, dachte Paul und sagte dann laut: „Ein Gespräch mit Professor Kremser hat mich dazu ermutigt und ich wollte dann im Wintersemester zu studieren beginnen beziehungsweise da weitermachen, wo ich aufgehört habe."

„Hm. Wir leben ja mehr oder weniger von den Studenten", sagte die Chefin. „Wir werden schon einen Weg finden ... nur so für meine Info ... bleiben Sie jetzt hier oder sind Sie dann gleich wieder weg?"

„Also ich ... wenn ich ... ich meine, darf ich kurz in die Studienzulassung ...?", war Paul verlegen.

„Wissen Sie was, Herr Thompson, manchmal gibt es eben Dinge, die sich im Leben verändern und manchmal ist das eben nicht so organisiert wie ein gut geschlichtetes Bücherregal. Folgendes: Sie gehen für den Rest der Woche in Urlaub, ab Montag seh ich Sie dann wieder hier in alter Frische!"

„Vielen Dank, Chefin! Ich … danke!"

„Schon gut, Herr Thompson, schließlich bleiben wir ja auch Kollegen."

„Danke, Chefin", sagte Paul schon im Gehen.

„Und Paul", fuhr sie fort, Paul zuckte zusammen, „schicke Lederjacke."

Pauls Lächeln im Hinausgehen war für die Chefin nicht mehr sichtbar. Der Gummibaum war sich nach diesem Gespräch nicht mehr sicher, ob seine Blätter jetzt grüner oder gelber werden sollten.

Paul hatte sich nach dem Besuch auf der Studienzulassung eine Feder und ein Fässchen Tinte gekauft, mit der Absicht, Lyrik zu schreiben. Er saß oben in seinem Zimmer in der Gärtnerei und merkte, dass Gefühle zu fühlen eine Sache waren, darüber reden eine andere, sie aber in einem Gedicht zum Leben zu erwecken, das war um einiges schwerer, als Paul sich das vorgestellt hatte. Vielleicht sollte ich Großvaters Horn blasen, überlegte Paul, vielleicht geht es dann leichter. Aber vielleicht halten sie mich hier dann gleich für völlig sonderlich. Ich warte besser noch ein bisschen.

„Hier drüben, Paul!"

Paul sah zum Fenster hinaus, doch es war niemand zu sehen. In der Gärtnerei war die Nachmittagsruhe eingekehrt. Ganz hinten am anderen Ende der Gärtnerei war eine Kindergartengruppe auf Besuch.

„Ich habe jetzt keine Sprechstunde!", dachte Paul so laut, dass es der Holunderstrauch im Nachbargarten auch noch hören konnte.

„Hier drüben, Paul!"

Paul konnte die Richtung ungefähr ausmachen. Paul ging hinunter und der Stimme nach. Er kam zu den Orchideen, wo ihn sein Großvater schon erwartete. „Ungarnopa!", freute sich Paul.

„Nun ist doch noch alles gut ausgegangen", antwortete der Großvater. „Aber freu dich nicht zu früh: Das ganze Leben ist ein ewiges Wiederanfangen."

„Das hab ich schon vermutet", antwortete Paul. „Warum hab ich das Gefühl, traurig zu sein, jetzt wo alles vorbei ist?

„Weil die Zeit des Abschiednehmens gekommen ist, mein lieber Enkel, du ..."

„Nein!", unterbrach Paul seinen Großvater. „Nicht gehen, ich dachte, wenn ich das alles mache, dann wirst du bleiben oder irgend so etwas."

„Es ist genauso schwer, die Menschen loszulassen, die wir lieben, wie die, die wir nicht mögen, weil sie uns festhalten", sagte der Großvater, „manchmal brauchen wir dazu die Hilfe anderer. So wie ich dir geholfen habe. Auch diese Menschen muss man loslassen. Dann erst kann das Neue beginnen."

„Danke, Opa!", sagte Paul den Tränen nahe.

„Danke nicht mir, Paul", fuhr Großvater fort. „Danke nur dir selbst, du hast dir diese Erfahrung ermöglicht, ich war nur dein Helfer, so wie LOT, Lizzy, Cybersun und deine Mutter."

„Mutter auch?", fragte Paul verwundert.

„Ohne deine Mutter hättest du niemanden gehabt, von dem du dich lösen kannst, oder? Du hast Schwimmen gelernt, Paul. Auf einem Fluss aus Feuer, ich bin sehr stolz auf dich." Mit den letzten Worten fing Großvater an, sich im Rauch seiner Pfeife aufzulösen. Paul hörte noch, wie er von ganz entfernt sagte: „Ich mach jetzt ein Nickerchen und wenn deine Enkel mich brauchen, dann sehen wir uns wieder." Als er sich ganz aufgelöst hatte, verbließ ein Windstoß den Rauch in alle Richtungen.

„Paul ... Paul? ... Paul!" Es war Petras Mutter, die Paul rief.

„Ja ... Verzeihung", sagte Paul schnell.
„Wir arbeiten mit Schulen und Kindergärten zusammen, damit die Kinder lernen, was man mit Gemüse alles machen kann, außer es nicht essen zu wollen. Der Papa ist ausliefern und die Kindergartenkinder werden gleich abgeholt. Kannst du vorne im Geschäft bleiben, bis die Kinder abgeholt werden? Ich muss hinten sein, damit da nichts passiert."

„Kein Problem," sagte Paul, ging in den Verkaufsraum der Gärtnerei und war binnen kürzester Zeit von einundzwanzig Kindergartenkindern umzingelt.

„Jetzt gibt jedes Kind dem netten Herrn von der Gärtnerei noch die Hand. Draußen wartet schon der Papa oder die Mama."

Das erste Kind war ein zirka fünfjähriges Mädchen, das Paul die Hand hinhielt. Paul wusste kurz nicht, ob er die Hand des Kindes nehmen sollte.

„Alles wird gut", sagte das Mädchen.

„Was meinst du?", fragte Paul nach.

„Alles wird gut, wenn man im Garten arbeitet, hat die alte Frau gesagt."

„Na, wenn die alte Frau das sagt", antwortete Paul, „dann stimmt das."

Paul und die Kinder waren brav und Paul schüttelte jede der einundzwanzig Kinderhände, die zuvor in der Erde gewühlt hatten, auf denen nasser Schlamm klebte, die jede Menge Dreck unter den Fingernägeln hatten, einzeln. Es machte Paul nichts aus, diese Kinderhände zu schütteln, er hatte Erde als etwas Fruchtbares begriffen, etwas, aus dem neues Leben entsteht, so wie Kinder auch neues Leben waren. Paul wollte seine Hände nie wieder waschen, zu schön war das Gefühl mit den Kindern und der Welt verbunden zu sein.

„Da hinten kannst du deine Hände waschen." Petra war gekommen. „Ich finde das wichtig, dass Kinder den Bezug zur Natur so früh wie möglich lernen", sagte sie, „ich mag Kinder, und du?"
Paul lächelte verlegen, über so etwas hatte er noch nie nachgedacht. In Paul keimte die Idee, Petra mit dreihundertzwanzig weißen Rosen beeindrucken zu wollen. Dann verwarf er diese Idee noch im Anfangsstadium aus drei Gründen, erstens kam es ihm ziemlich blöd vor, jemandem, der ohnehin mit hunderten Rosen lebte, welche zu schenken, zweitens hatte der erste Versuch, Rosen zu verschenken, ziemlich fehlgeschlagen und drittens wusste Paul nicht genau, wie alt sie war oder wann sie Geburtstag hatte. Paul ging auf sein Zimmer und versuchte ein Liebesgedicht zu schreiben.

„Paul kommst du mal runter!", rief Petra vom Hof nach oben zu Paul.

Paul kam nach unten.

„Als ich begonnen habe, Cello zu spielen, war ich so schlecht, dass sie mich nicht mehr im Haus haben wollten. Dann haben sie mich ins Gewächshaus verbannt und dort musste ich dann üben. Als ich dann gut war, durfte mir niemand mehr zuhören, weil ich sauer war. Jetzt probe ich immer im Gewächshaus, da hab' ich wenigstens meine Ruhe. Ich hab' mir gedacht, weil du ja gestern das Konzert versäumt hast, spiel ich eins nur für dich. Du bist der erste Mensch, dem die Ehre zuteil wird, mir in meinem heiligen Gewächshausproberaum zuzuhören. Da drinnen gab's bis jetzt nur mich, sonst niemanden. Weißt du, wenn ich Cello spiele, dann ist es egal, ob ich ein Sommerkleid trage oder zerrissene Jeans, das ist alles austauschbar. Wenn ich spiele, dann kommt das, was in mir drinnen ist, nach draußen und derjenigen ist es egal – man ist irgendwie eh immer beides. Für mich ist es Zeit, die Türen zu meinem Geheimnis zu öffnen. Komm!"

Paul folgte Petra sprachlos. Petra hatte das Cello in der Mitte des Gewächshauses aufgebaut, der Boden war lose mit eingetretenen Lehmziegeln ausgelegt. Die Wände hatten grüne Stahlverstrebungen, dazwischen waren Glasscheiben eingesetzt. Das Glashaus sah aus wie aus einer anderen Zeit und erinnerte Paul an die Gasse mit dem Bühneneingang, auf der er gestern gesessen war und Petra beim Spielen zugehört hatte. Die Luftfeuchtigkeit war für ein Gewächshaus relativ gering. Vor dem Cello stand ein alter, verrosteter, mit bunten Plastikschnüren bespannter Gartensessel, bei dem sich Paul nicht sicher war, ob er das Konzert überleben würde. Paul setzte sich nieder.

„Das Konzert beginnt", sagte Petra. „Es trägt den Titel: ‚Die Einsamkeit, der Zwillinge'."

Paul setzte sich vorsichtig in den Plastikschnurstuhl, der sich stabiler anfühlte, als er aussah. Beim ersten Ton, der beim Schwingen der Saiten durch das Darüberstreichen von Petras Cellobogen zu hören war, fiel Paul in einen ähnlichen Trancezustand wie vor einigen Tagen in der Grashütte.

„Es ist an Zeit, Paul, nun bist du geboren worden." Paul erinnerte sich an das Gefühl, das er in der Nacht hatte, als er von der Hütte ins Dorf hinuntersah. Da waren sie wieder, die einhundert, nein eintausend Celli, die sich zu dem einen Cello vereinigt hatten, das nun vor ihm stand und das Petra spielte. Paul hörte sie nun schon zum zweiten Mal, aber dieses Mal war es realer. Er war mit einem anderen Menschen, real, im selben Glashaus. Paul konnte die Musik hinter der Musik hören, die Magie, die sie umgab, die Schwingung, in die das Cello Pauls Zellen versetzte. Die Schwingung, die Paul eins werden ließ mit allem, was war, mit allem, was ist und mit allem, was noch sein würde, auch wenn Paul nicht so ganz klar war, was das überhaupt bedeutete.

„Das ist er also, der Gesang des Herzens, von dem LOT – ich meine LAT gesprochen hatte", verstand Paul. „Nicht der Gesang des eigenen Herzens ist es, den man hört, es ist der Gesang aus dem Herzen derjenigen, die einen liebt. Dafür muss man die Augen schließen und kann sie erst wieder öffnen, wenn man gezeigt hat, wie man sich selbst liebt".

Paul konnte zum ersten Mal eine Frau sehen, sehen, was eine Frau war, sehen, was es bedeutete, wenn man mit einer Frau im Leben war, die nicht angemietet, aus dem Berufsleben oder aus der eigenen Verwandtschaft war. Paul hatte von der Orchidee gelernt, wie er die Frau in sich selbst spüren konnte. Nun aber hatte sich zu diesem Gefühl die Realität gesellt – Paul war es so, als würde sich dieses Gefühl durch Teilen verdoppeln, verdreifachen, verhundertfachen und immer mehr werden. Immer und immer mehr. Paul fühlte sich nicht nur verbunden mit Petra, es war mehr. Paul konnte Petra in sich drinnen sehen, sehen, wie sie in ihm begonnen hatte zu leben und er war sich sicher, dass es bei Petra genauso sein musste. Und wenn Petra wollte, dann dürfte sie in ihm und er in ihr für immer weiterwachsen, um mit ihr das Leben als ein ständiges Wiederanfangen zu begreifen, das erst zu gelebtem Leben wird, wenn man darauf zurückblicken kann. Ein ständiges Wiederanfangen, das nicht einmal der Tod beendet.

Nachdem der letzte Ton verklungen war, sagte Petra: „Im Glänzen deiner Augen sehe ich, dass es dir gefallen hat … Danke."

„Nun ist der Zwilling nicht mehr einsam", antwortete Paul mit einer Zärtlichkeit in der Stimme, die er an sich nicht kannte. „Dann ist das … das Ende … Das Ende des Stücks ist unser erster Wiederanfang", fügte er hinzu.

Petra sagte nichts mehr … Sie wollte nur noch …

Aus der hinteren Reihe des Pflanzenchores, der Paul und Petra bis jetzt nicht aufgefallen war, war die vorlaute Stimme einer frisch geschlüpften Pfefferonischote zu hören: „Ja, ja, jedem Ende wohnt ein neuer Zauber inne … bla, bla, bla … Nun küsst euch endlich!"

Abschließend sei noch erwähnt, dass Paul während der ganzen Zeit die dieses Ritual in Anspruch nahm, nie die Angst hatte, das Feuer könnte ihm auch nur eine minimale Verletzung zufügen.

Epilog

Paul weiß bis heute nicht, wo Mutter hingezogen ist. Cybersun hat er auch nie wiedergesehen. Es war eine jener Begegnungen im Leben gewesen, die kurz und intensiv sind, die aber nicht von Dauer sein können, weil sie nur aus dem Zweck bestehen, einen im Leben einen Schritt vorwärts zu bringen. Paul hat dann der Einfachheit halber Kultur- und Sozialanthropologie – er war ja ohnehin jeden Tag da – studiert. So ist er selbst noch zu einem richtigen dokta.thompson geworden, das amüsiert ihn noch immer. In der Gärtnerei wurde er bald ein unverzichtbarer Mitarbeiter. Als dokta.thompson hat er noch viele Abenteuer in der Welt der Rituale und Geister erlebt. Aber das ist eine ganz andere Geschichte. Vater hatte Lizzy im Schrauberclub besucht und ist dort Buchhalter geworden. Er hat dem Club so viel Geld eingespart, dass er sich davon selbst ein Gehalt bezahlen konnte.

PS.: Von Mutter kam irgendwann eine Karte der Alpenruhestätte Bergfrieden für agile Senioren, die an die Bibliothek adressiert war. Sie schrieb, dass hier jedes Jahr Insassen aus ungeklärten Umständen in Felsspalten stürzen würden und so für immer verschwunden blieben. Leider hatte der Postbeamte die Karte ungünstig auf den Stapel mit der Post gelegt, sodass die Karte unter das Pult der Bibliothek gefallen ist, dort wurde sie irgendwann von einer Putzfrau gefunden und fachgerecht entsorgt.

Nachwort

Wer jetzt, verständlicherweise, Lust bekommen hat, sich selbst einem Okupiolissa-Ritual zu unterziehen, möge bitte Folgendes aus dem realen Leben – nicht aus der Wirklichkeit eines Romans – beachten:

Soviel ich weiß, bin ich der Einzige in Nordeuropa, der dieses Ritual als Verantwortlicher und Beteiligter selbst durchgeführt hat. Das ist ohne Hilfe von außen nicht möglich. Mir zur Seite stand ein erfahrener Feuermann, – Sternzeichen Wassermann (da kann ja nichts passieren) – und ein Team von weiteren vier Männern zur Verfügung. Das Schwierigste war es, meinen Sohn zu überreden, mich aus der brennenden Hütte zu ziehen. Seither betont er bei jeder Gelegenheit, dass er so etwas nie wieder tun möchten muss. Die Vorbereitungszeit betrug fast 10! Monate, die zwei Wochen direkte Vorbereitung ließen wenig Platz, sich auf etwas Anderes im Leben zu konzentrieren. Wie gefährlich es wirklich war, zeigten die Videoaufzeichnungen. Nachdem es unmöglich ist, alleine aus der im Vollbrand stehenden Hütte herauszukommen, braucht man jemanden, der einen im richtigen Moment herauszieht. Sechs Sekunden später und ich hätte großflächige Verbrennungen am ganzen Körper gehabt. Es ist nur der Geistesgegenwart des Feuermanns zu verdanken, dass ich keine schweren Brandwunden davongetragen habe. Zudem ist ein tiefes Verständnis für die energetischen Prozesse der Natur und eine gelebte Einheit zu Mutter Erde von Nöten, um überhaupt zu einem Mentalstatus zu kommen, der dieses Ritual möglich macht.

Wer Schamanismus mit Begriffen wie Energieausgleich oder Kuscheln in Verbindung bringt, hat keinen Zugang zu dieser Welt. Ich wurde in einer mehrjährigen Ausbildung zum Schamanen in der Tradition der Maori unterwiesen und bin immer noch Teil einer weltweit agierenden spirituellen Gruppe, die nicht öffentlich arbeitet. Dieses Ritual ist nichts, was sich im westlichen Sinn konsumieren lässt. Oder das – wie viele es sehen – als eine Art Hokuspokus zu werten ist, was man schnell nach der

Grillparty und entsprechendem Alkoholkonsum als Mutprobe macht. Die Folgen wären fatal und die Geister richtig sauer. Und zwar alle! Auch die aus der eigenen Familie.

Wer immer der Meinung ist, er wäre jetzt spirituell so weit, eines seiner Lebensthemen durch diese Zeremonie zu lösen, dem sei mit dem Lächeln meines Roma-Großvaters gesagt: „Du bist es (noch) nicht!", und dann würde ich mich mit demselben verschmitzten Lächeln in die nächste Orchidee zurückziehen. Also Kinder, brav sein und nicht nachmachen!

Tommi Paikea Horwath
(initiiert nach der Großmutter des siebten Mondes: Die,
die alle liebt)

Großvaters schlaue Sprüche

Wer anderen eine Blume sät, blüht selber auf.
(Autor unbekannt)

Wer Bäume setzt, obwohl er weiß, dass er nie in ihrem Schatten sitzen wird, hat zumindest angefangen, den Sinn des Lebens zu begreifen.
(Rabindranath Tagore)

Die Menschen haben keine Zeit mehr, irgendetwas kennenzulernen. Sie kaufen alles fertig in den Geschäften. Auch andere Menschen.
(Antonin des Saint-Exupery)

Man kann nicht in die Zukunft schauen, aber man kann den Grund für etwas Zukünftiges legen - denn Zukunft kann man bauen.
(Antonin des Saint-Exupery)

Unfolded by the water are faces of the flowers.
Flowers thrive where there is water, as thriving
people are found where living conditions are good.
(Hawaiianisches Sprichwort)

Erst durch das Wasser erblüht das Gesicht der Blumen.
(Übersetzung des Autors)

Du bist auch für alles verantwortlich, was du nicht tust.
(Lao-Tse)

Es gibt mehr Dinge zwischen Himmel und Erde als sich durch
unsere Schulweisheit erträumen lässt.
(Frei nach William Shakespeare)

Für jede Minute, die du dich ärgerst, verlierst du sechzig
Sekunden der Freude.
(Frei nach Ralph Waldo Emmerson)

Das Wesentliche ist für die Augen unsichtbar.
(Antoine de Saint-Exupéry)

Wer angelangt am Ziel, sorglos und ganz befreit, wer alle
Fesseln brach, für den gibt es kein Leid.
(Dhammapada)

Ein Haus ohne Blumen ist ein Kuhstall.
(Sprichwort aus Madeira)

Das ganze Leben ist ein ewiges Wiederanfangen.
(Hugo von Hofmannsthal)

Es ist genauso schwer, die Menschen loszulassen, die wir
lieben, wie die, die wir nicht mögen, weil sie uns festhalten.
(Tommi Horwath)

Und jedem Anfang liegt ein neuer Zauber inne.
(Hermann Hesse)

Die von LOT erwähnte 7te Clanmutter "Die, die alle(s)
liebt" ist dem Buch von *Jamie Sams*
The Original Clan Mothers bei Harper One (1993)
entnommen. ISBN 9780062507563

Die Informationen betreffen das Okupiolissa-Ritual beziehen sich auf:

Green, Edward C.; Honwana, Alcinda. Africa Region's Knowledge and Learning Centre [Hg.]. Afrika süd Nr. 5. Indigenous Knowledge. IK Notes, No.10: July 1999.

Eidesstattliche Erklärung

Beim Schreiben dieses Buches sind keine Porzellancorgies oder Orchideen, Trauerweiden, Kuhhörner Gummibäume, Rosen, Chilischoten oder andere Lebewesen und Pflanzen in irgendwelcher Art beschädigt, gequält oder ermordet worden. Des Weiteren wurde auch das erwähnte Hühnchen in den Vorbereitungsüberlegungen zum Ritual nur gedanklich geschlachtet. Lediglich Fr. Dr. Dr. Sprengers berufsethisches Verhalten musste am Altar der Dramaturgie geopfert werden - Die Romanfigur selbst ist jedoch nicht zu Schaden gekommen.

Herzlichen Dank an:
Prof. Kremser.
Prof. Mückler.
Agentin Zoesky Koraimann für den Namen dokta.thompson.
Dr. Karin Trinkl von der Meridianapotheke in Wieselburg für die fachmedizinische Beratung.

Frau Mag. Tomanova von der Radetzkyapotheke für die fachmedizinische Beratung.

Lila Gürmen und unser Orchideenerlebnis mit meinem Großvater Paul.

Gregor Schmalix für die ISBN - Nummer.

Meiner Familie, die sich jedes Kapitel zuerst einmal vorlesen lassen musste, bevor es weitergehen konnte.

Sonja – ohne die es diese Geschichte nicht geben würde.

Liesl Lackner fürs Porridgekochen in ihrer Küche.

Thomas Müllner & Photomas für das fantastische Cover.

Eszther Hollosi für die "Übersetzung" in die ungarische Sprache.

Silvia Hunschovsky für die "Übersetzung" in die tiroler Sprache.

Amelia and her beautifull whanau from Kaikoura.

Martin, dem echten Feuermann.
Der Familie für den Platz.

Meinem Sohn Merlin, der mich herausgezogen hat:
"So einen Scheiß will ich nie wieder machen müssen!"

Meinem Großvater Thomas.

Meinem Großvater Paul.

Und natürlich allen Geistern und Geistinnen, allen die auf mich aufgepasst haben, die gegenwärtig auf mich aufpassen und auch in Zukunft für mich sorgen werden. Allen Farben, allen Tieren, allen Totems, allen Pflanzen, allen Vorfahren, allen Nachfahren, allen Brüdern und Schwestern, mit denen ich verbunden bin und es immer sein werde:

Mögt ihr es verstehen, aus den Steinen Eures Weges
etwas Schönes zu bauen,
Möge der Wind in Eurem Rücken Eure Gedanken zu
denen tragen, die ihr liebt,
Möge die Sonne Eure Gesichter im Glanz Eurer Seele
erstrahlen lassen,
Mögen die Regentropfen das nähren, wonach es Eurer
Liebe dürstet
und
Mögen die alten und die neuen Götter Euch schützen,
bis zu dem Tag, an dem wir uns wiedersehen.

Die Liebe ist die einzige Blume, die ohne Jahreszeiten wächst und gedeiht.

(Kahlil Gibran)

Copyright (c) 2017 Die Erzählwerkstatt - der Verlag

Wien: Die Erzählwerkstatt - der Verlag

ISBN: 978-3-903037-37-3

Copyright (c) 2017 - Die Erzählwerkstatt - der Verlag

Cover: Photomas

https://www.facebook.com/PhotomasPics/

http://www.dieerzaehlwerkstatt-derverlag.at/

spieglein@dieerzaehlwerkstatt-derverlag.at

Und für Facebook:
https://www.facebook.com/DrTommiHorwath